MIMO

Anon
[era uma mulher...]

Virginia Woolf

Anon
[era uma mulher...]

EDIÇÃO E INTRODUÇÃO DO TEXTO "ANON"
Brenda R. Silver

TRADUÇÃO, APRESENTAÇÃO E NOTAS
Tomaz Tadeu

autêntica

Copyright da tradução © 2024 Tomaz Tadeu
Copyright desta edição @ 2024 Autêntica Editora

Silver, Brenda R. "Anon" and "The Reader": Virginia Woolf's Last Essays. *Twentieth-Century Literature*, v. 25, n. 3-4, p. 356-441. Copyright © 1979, Hofstra University Press. Todos os direitos reservados. Publicado com permissão da editora. www.dukeupress.edu.

Todos os direitos reservados pela Autêntica Editora Ltda. Nenhuma parte desta publicação poderá ser reproduzida, seja por meios mecânicos, eletrônicos, seja via cópia xerográfica, sem a autorização prévia da Editora.

EDITORAS RESPONSÁVEIS
Rejane Dias
Cecília Martins

CAPA
Diogo Droschi
(sobre imagem de Kate Dean)

REVISÃO
Cecília Martins

DIAGRAMAÇÃO
Waldênia Alvarenga

PROJETO GRÁFICO
Diogo Droschi

Dados Internacionais de Catalogação na Publicação (CIP)
(Câmara Brasileira do Livro, SP, Brasil)

Woolf, Virginia, 1882-1941
    Anon : [era uma mulher...] / Virginia Woolf ; tradução, apresentação e notas Tomaz Tadeu ; introdução Brenda R. Silver. -- 1. ed. -- Belo Horizonte, MG : Autêntica Editora, 2024. -- (Mimo)

    ISBN 978-65-5928-427-6

    1. Ensaios ingleses I. Tadeu, Tomaz. II. Silver, Brenda R. III. Título. IV. Série.

24-205617   CDD-824

Índices para catálogo sistemático:
1. Ensaios : Literatura inglesa 824

Tábata Alves da Silva - Bibliotecária - CRB-8/9253

Belo Horizonte
Rua Carlos Turner, 420
Silveira . 31140-520
Belo Horizonte . MG
Tel.: (55 31) 3465 4500

São Paulo
Av. Paulista, 2.073, Conjunto Nacional,
Horsa I. Salas 404-406 . Bela Vista
01311-940 . São Paulo . SP
Tel.: (55 11) 3034 4468

www.grupoautentica.com.br
SAC: atendimentoleitor@grupoautentica.com.br

7
Apresentação | *Tomaz Tadeu*

I. Anon

13
Introdução | *Brenda R. Silver*

25
Anon

55
O leitor

II. Anon e o leitor comum

63
Anon era uma mulher

83
O leitor comum

85
Os Pastons e Chaucer

111
O diário da senhora Joan Martyn

161
Notas

187
Referências

190
Minibios

Apresentação

Tomaz Tadeu

É certo que Virginia Woolf não foi nem queria ser uma autora anônima. Longe disso. Tampouco era uma leitora comum, como a leitora ou o leitor que subjaz aos ensaios dos dois volumes do livro *O leitor comum*. Aliás, a autora ou o autor anônimo é inseparável da leitora ou do leitor comum. Estão ambos ligados à ideia do caráter democrático da arte poética ou narrativa: de um lado, está a mulher ou o homem que, por gosto, talento ou estratégia produz e, ao mesmo tempo, transmite, anonimamente, o conto ou o canto que resulta de seu talento e sentimento; e do outro, quem ouve ou lê, por prazer ou curiosidade, aquilo que o artífice ou a artífice produziu, ou seja, a ouvinte ou o ouvinte comum, ou, na era da imprensa, a leitora ou o leitor comum. A leitora comum vai de mãos dadas com a autora anônima.

A presente antologia tenta cobrir os dois lados da equação. De um lado, o da produção, reproduzo aqui, em tradução, o texto "Anon", escrito por Virginia, em estado de rascunho, um pouco antes de sua morte e resgatado e editado por Brenda R. Silver. Do outro lado, o da audição ou da leitura, está o texto que Virginia esboçara juntamente com "Anon", também recuperado por Silver, intitulado "O leitor". Não me estenderei aqui sobre a história desses dois textos porque ela está abundantemente desenvolvida na introdução de Silver que abre o livro.

Mas o vínculo entre a produção e a recepção do texto literário, oral ou escrito, vem, em Virginia, desde os dois volumes de *O leitor comum* (1925/1932). Por essa razão, incluí na presente edição dois ensaios do primeiro desses volumes: o breve texto que abre o primeiro, "O leitor comum", e que, de certa forma, o define, e o longo ensaio "Os Pastons e Chaucer".

O ensaio "Os Pastons e Chaucer" sintetiza o método, a estrutura, a natureza da escrita ensaística de Virginia no livro *O leitor comum*. Na primeira metade do texto, ela conta uma boa parte da história da família Paston, com base no abundante número de cartas trocadas entre os membros da família, que termina com a descrição da leitura que Sir John, o filho mais velho, faz de Geoffrey Chaucer, o celebrado poeta da última metade do século XV: "Pois com certa frequência, em vez de sair a cavalo para inspecionar suas plantações ou regatear com seus arrendatários, Sir John ficava sentado, em pleno dia, lendo. Ali, numa cadeira dura, na sala sem conforto, com o vento levantando o tapete e a fumaça ardendo-lhe os olhos, ele se sentava lendo Chaucer [...]". Nesse ponto, na metade do ensaio, Virginia deixa os Pastons de lado e passa a se concentrar no autor de *Os contos de Canterbury*. Essa mudança abrupta do tema do ensaio marca o encontro entre o leitor comum, aqui representado por Sir John Paston, e o grande poeta, Geoffrey Chaucer, nada anônimo. Em outras palavras, a estrutura do ensaio mimetiza o vínculo entre a produção e o consumo, ainda que com a ordem temporal trocada.

Os dois capítulos restantes complementam, de alguma forma, o encontro entre a artista da palavra e a leitora comum.

O texto ao qual dei aqui o título "Anon era uma mulher" é, na verdade, o terceiro capítulo do livro *A Room of One's Own*. E a frase inteira sobre o sexo de Anon não é tão categórica quanto o meu título: "Na verdade, eu arriscaria a conjectura de que Anon, que escreveu tantos poemas sem assiná-los, era, muitas vezes, uma mulher". E, além disso, embora esteja muito próximo da afirmação feita em "Anon" ("Anon é, às vezes, um homem; às vezes, uma mulher"), o Anon do livro inacabado é um tanto diferente do Anon de *A Room of One's Own*. O primeiro é da era da canção oral; o segundo é da era do texto escrito. O primeiro é, de certa forma, celebrado; o segundo, na medida em que impede as mulheres de aparecerem com seu próprio nome, tem uma conotação negativa.

No conto que fecha a presente coletânea, "O diário da senhora Joan Martyn", escrito em 1906 e publicado, postumamente, em 1979, uma pesquisadora de documentos antigos encontra, numa de suas pesquisas, o diário de uma jovem do final do período medieval, Joan, cuja transcrição ocupa a segunda metade do conto. Numa manhã de primavera, a jovem Joan encontra, nos arredores do lugar onde mora, um homem, o Mestre Richard, que vende histórias registradas em livros feitos de pergaminho e, além disso, entoa canções, supostamente de autoria alheia, para quem quiser ouvi-lo. Não é propriamente um Anon, pois tem nome e não é o autor dos versos que recita, mas parece ser, na obra de Virginia, um precursor do personagem que ela delineará no esboço de livro *Anon*, que começa a escrever no fim de sua vida.

Para terminar: num mundo e numa época em que reinam a visibilidade e a exposição, as reflexões de Virginia sobre Anon e o anonimato ainda têm sua importância. O anonimato é, em geral, resultado da repressão e do veto, mas também pode ser, como demonstra Virginia, um instrumento de protesto e rebelião. Anon vive.

Notas

[1] As referências a locais da internet são abreviadas pelo site conhecido como tinyurl.com. As abreviações começam com o nome do site e terminam com um conjunto de números e algarismos. Entretanto, ao reproduzir a abreviação, não transcrevo a primeira parte (tinyurl.com), limitando-me a transcrever a segunda, 26y3gj7m, por exemplo. Ao buscar o site na internet é preciso juntar as duas. No caso do exemplo acima, ficaria assim: tinyurl.com/26y3gj7m.

[2] O texto central desta antologia é a transcrição, feita por Brenda R. Silver, dos rascunhos que Virginia estava escrevendo alguns meses antes de sua morte, em 28 de março de 1941. Não incluí, na tradução de *Anon*, tal como editado por Brenda R. Silver em *"Anon" and "The Reader": Virginia Woolf's Last Essays*, a seção intitulada "Notes for Reading at Random" [Notas para ler ao acaso] (p. 369-379), por seu caráter evidentemente fragmentário, impossível de ser reproduzido numa tradução. O texto original de Brenda R. Silver está disponível, na internet, no endereço "2a4vu5wo".

[3] As notas de Brenda R. Silver aos textos originais "Anon" e "The Reader" são, evidentemente, as notas de uma pesquisadora e, portanto, minuciosas. Por isso, não incluo aqui algumas delas, mas são poucas. Além disso, em alguns casos substituí a referência fornecida por ela por outra, acessível na internet.

I
Anon

Introdução

Brenda R. Silver

Em 12 de setembro de 1940, Virginia Woolf registrou em seu diário que, enquanto colhia amoras-pretas, ela "concebera, ou refizera, uma ideia para um livro sobre a História Comum – para ser lido desde o início da literatura, incluindo a biografia; e explorar à vontade, consecutivamente". Em 14 de setembro, ela registrou que "começaria seu novo livro, lendo Ifor Evans, 6 pênis, Penguin"; e, no dia 17, ela foi à Biblioteca Pública para procurar uma história da literatura inglesa. No dia seguinte, usando um novo caderno de notas, ela escreveu "Lendo ao acaso/Notas" no topo da primeira página, datando-a "18 set/1940", e começou a registrar ideias para um livro inicialmente intitulado *Lendo ao acaso* e, mais tarde, *Virando a página*. Até a data de sua morte, seis meses depois, Woolf tinha mais ou menos completado um ensaio introdutório, "Anon", e tinha começado a trabalhar num segundo, provisoriamente intitulado "O leitor". Apesar do estado inacabado desses ensaios – e da incerteza sobre a forma final do livro como um todo – restara material suficiente para sugerir quais eram as intenções de Woolf e para reproduzir seus textos. Com esse propósito em vista, incluí nesta edição dos últimos escritos de Woolf tanto a transcrição do manuscrito intitulado "Notas para ler ao acaso",* no qual ela delineara suas ideias para o livro, quanto textos críticos dos dois ensaios subsistentes, "Anon" e "O leitor".

Embora Woolf tivesse começado a falar sobre um novo livro crítico já em 1938, não há nenhum indício de que ela tivesse começado seriamente a planejar tal trabalho antes do outono de 1940. Em outubro de 1938, ela anotou em seu diário que estava considerando suas "inumeráveis notas para o *T. L. S.*" – supostamente as notas de leitura que ela fizera em preparação para os artigos no *Times Literary Supplement* e outros periódicos – "como material para algum tipo de livro crítico", mas a forma e o conceito subjacente são incertos: "citações? comentários? estendendo-se por toda a literatura inglesa tal como eu a li e anotei durante os últimos 20 anos". Em abril de 1939, ela falava sobre ler Sévigné "por aquela rápida fusão de livros que eu almejo", e, em março de 1940, ela mencionava seu desejo de ler "com muita calma para os *C. Rs.* [*Common Readers*]". A referência ao título de suas obras críticas anteriores, *O leitor comum* (1925/1932), sugere aqui que o livro ainda não escrito iria seguir o antigo padrão: uma coleção de ensaios compostos especificamente para a nova obra ou revisados para ela a partir de uma versão já publicada.

Em setembro de 1940, entretanto, quando ela realmente começou a ler e a tomar notas para o "livro da História Comum", a ênfase era menos nos ensaios individuais do que na tarefa de arquitetar um formato que descrevesse a história da literatura inglesa como um contínuo. Nesse meio tempo, ela estava envolvida no processo de concluir

---

* Não incluído nesta tradução. (N.T.)

Entre os atos com seu *pageant* da literatura inglesa e com seu coro anônimo de peregrinos, costurando seu caminho por entre as diferentes épocas e com sua presença deixando uma cicatriz na terra mesmo depois de suas palavras terem desaparecido. "A ideia do livro", afirma ela em seu primeiro apontamento em "Notas para ler ao acaso", "é a de encontrar a ponta de um novelo e desenredá-lo." No segundo apontamento, datado de 3 de outubro, ela introduz a ideia do "instinto de criar canções", e acrescenta: "Isso é a continuidade – o prolongamento de certas emoções sempre ativas: sempre sentidas pelas pessoas".

Durante as oito semanas seguintes, o diário de Woolf registra, em pé de igualdade com o progresso de *Pointz Hall*, o título original de *Entre os atos*, um fluxo constante de leitura para o livro agora descrito como passar um fio de colar pela vida e pela literatura inglesa. Grande parte de sua leitura estava ligada ao plano de começar sua história como ela começara o *pageant* no romance – com as formas iniciais da literatura e da sociedade inglesa, e com os homens e as mulheres anônimos que as criaram. Sabemos, por exemplo, que em 26 de outubro ela começou a ler *A história da Inglaterra* de G. M. Trevelyan, a obra que lhe forneceu as frases iniciais de "Anon" assim como lhe permitiu integrá-la, nesse período, ao "Esboço da História" da sra. Swithin no final de *Entre os atos*. Três semanas mais tarde, em 4 de novembro, ela escreveu a Ethel Smyth: "Estou quase como o que você chamou de um voraz ácaro que se meteu a roer um precioso e vasto queijo e ficou intoxicado de tanto comer, que é como estou agora, lendo história e escrevendo ficção e esboçando, oh, um divertidíssimo livro sobre literatura inglesa". No dia seguinte, 15 de novembro, respondeu à sugestão de Vita Sackville-West de que ela deveria escrever uma biografia de Bess de Hardwick com o subterfúgio de que se comprometia a "dedicar-lhe um ensaio em O Leitor Comum". Finalmente, dois meses após sua escapada para colher amoras-pretas, ela estava pronta para começar. Após registrar "22 nov. 1940" na última página do texto datilografado de seu romance, ela acrescentou no diário: "Tendo neste instante terminado o Pageant – Pointz Hall? – (iniciado talvez em abril de 1938) meus pensamentos se voltam, inteiramente, para a escrita do primeiro capítulo do próximo livro, Anon (sem nome) é como será chamado". De fato, tanto o manuscrito quanto a cópia datilografada do ensaio ostentam o cabeçalho "Anon" na primeira página, e a data "24 nov. 1940".

Nos meses seguintes Woolf alternou seu trabalho nos ensaios com a revisão e finalização de *Entre os atos*, bem como com a escrita de memórias, de ensaios sobre Ellen Terry e a sra. Thrale, e de fragmentos de pequenos contos; não obstante, ela continuou a ler a literatura imaginativa desde os períodos medievais e elisabetanos, complementados por biografias e histórias. Em 4 de fevereiro de 1941, ela pediu a Vita Sackville-West para trazer-lhe a biografia de "Lady Anne Clifford ou qualquer outra biografia elisabetana", e Vita o fez; numa nota escrita a lápis no exemplar de Vita de *Diário de uma escritora*, embaixo do registro de 16 de fevereiro, lê-se: "Ela me fez levar-lhe tantos livros quanto pudesse sobre biografias elisabetanas, e ela estava cheia de planos". Ela continuou, além disso, durante esse período, a pensar nos temas que estavam no centro de sua obra nessa época: a ascensão e queda das civilizações; a natureza da cultura; a violência associada ao patriarcado e as relações entre continuidade e ruptura, arte e sociedade. "Anon", como anteriormente registrado, abre com uma passagem do livro *História da Inglaterra*, de autoria de Trevelyan, que descreve a Bretanha pré-histórica como uma floresta repleta de inumeráveis pássaros cantantes. Woolf utiliza essa descrição para especular se a origem da literatura – "o desejo de cantar" ou de criar – vinha de uma autoconsciência do canto dos pássaros. Mas, continua ela, a choupana tinha que ser construída – alguma organização social estabelecida – antes que a voz humana também cantasse. Em *Entre os atos*, por outro lado, as florestas e os pássaros surgem no fim do livro, quando a sra. Swithin lê "Esboço da história" contra o pano de fundo de uma escuridão invasora e do barbarismo. (A alusão aos pássaros foi acrescentada ao romance na versão que Woolf terminou em novembro de 1940, assim que começou "Anon".) A questão levantada pelo romance no que diz respeito à capacidade da arte (dos instintos criativos) de sobrepujar a escuridão e a ruptura, e de prometer um novo começo, assombrava Woolf também nos ensaios. "Só quando juntamos dois com dois", escreveu ela nos primeiros rascunhos, "dois traços do lápis, duas palavras escritas, dois tijolos, é que superamos a dissolução e fixamos alguma estaca contra o esquecimento."

Por volta de fevereiro de 1941, enquanto Woolf concluía as revisões de seu romance no meio de uma crescente ameaça de invasão, a luta contra o olvido entrelaçou-se com o progresso de seu "livro sobre a História Comum". Em 1º de fevereiro, ela escreveu a Smyth: "Contei-lhe que estou lendo a literatura inglesa toda do começo ao fim? Quando chegar a Shakespeare as bombas estarão caindo. Assim, planejei uma última e belíssima cena: lendo Shakespeare, tendo esquecido minha máscara contra gases, me extinguirei e completamente esquecerei... Graças a Deus, como diria você, nossos pais nos deixaram um gosto pela leitura! Em vez de pensar, em meados de maio estaremos – seja lá o que for: acho, apenas 3 meses para ler Ben Jonson, Milton, Donne e todo o resto!". Um mês mais tarde, entretanto, até mesmo sua leitura fora afetada por sua sensação da falta de um futuro. "Estou", escreveu ela a Smyth em 1º de março, "neste momento tentando, sem o mínimo sucesso, escrever um artigo ou dois para um novo Leitor Comum. Estou emperrada nas peças elisabetanas. Não vou para trás nem para a frente. Tenho lido muitíssimo, mas não o suficiente. É por isso que não posso me envolver em política... Se quiser me retratar neste instante você deve encher o chão de dramaturgos bolorentos... Você sente, como eu sinto, quando minha cabeça não está nesse rebolo de esmeril, que esta é a pior fase da guerra? Eu sinto. Eu estava dizendo ao Leonard que não temos futuro. Ele diz que é isso que lhe dá esperança. Ele diz que a necessidade de alguma catástrofe lhe incita. O que sinto é o suspense quando nada realmente acontece."

A incapacidade de Woolf de ver uma transição do presente para o futuro, conectada como ela está com a questão mais ampla da continuidade histórica, vem à tona em sua luta para dar forma ao seu trabalho. Insatisfeita com a abordagem direta própria dos manuais tanto da história social quanto da literária, comparada, numa entrada não publicada do diário, ao serviço fornecido pelas estradas romanas (26 de outubro de 1940), ela desejava explorar o que os textos ignoram – as florestas e os fogos-fátuos. Como sempre, a questão era, no caso de Woolf, como criar uma forma que transmitisse as forças subjacentes do processo histórico tal como ela as percebia, como capturar o desenvolvimento mais evanescente da consciência e da experiência humana. "Lendo ao acaso", "Virando a página", "encontrar a ponta de um novelo e desenredá-lo": todas essas frases retratam seu desejo de moldar sua própria história, mas cada uma evoca um conceito diferente de ordem. Sua obsessão por criar uma ordem interna dominou também a redação de "Anon": ela continuamente rearranjava as partes do ensaio e fazia experimentos com as transições entre as diferentes seções. Ainda mais notável é sua dificuldade em fornecer uma transição entre "Anon" — que traça a evolução do elemento anônimo no escritor e no público, desde seu início até sua morte, como um aspecto consciente da forma e da experiência literária — e o segundo ensaio, sua exploração do surgimento do leitor moderno e da sensibilidade para a leitura. O último existe apenas como uma série de inícios, nenhum deles claro quanto à questão de para onde o ensaio, ou a história, queria ir. Mais do que apenas um problema de estrutura ou uma ilustração de sua habilidade artística, talvez, a busca de transições e de ordem no interior do texto revela a busca de um vínculo entre o passado e o futuro que preenchesse a vacuidade do momento presente. "Pule o dia de hoje", anota ela num dos esboços para o livro "Um capítulo para o futuro".

A conexão entre a busca de transições nos ensaios e em sua própria vida leva a um tema importante e a um princípio de estruturação do livro: a interação entre as circunstâncias internas e a criatividade. Para escrever uma história da literatura inglesa, ela sabia, ela teria que escrever também a história da sociedade que fomentara aquela arte, e a ela correspondia. "Mantenha um incessante comentário sobre o Exterior", lembrava a si mesma nas notas sobre o livro; "devo, portanto, pegar um poema e desenvolver à sua volta a sociedade que o ampara." O resultado é uma ênfase não apenas na persistência do "instinto de criar canções", mas no papel crucial que as forças externas desempenham ao moldar tanto o cantor quanto a canção. "Nin, Crot e Pulley" – os singulares nomes dados por Woolf ao complexo das forças econômicas, políticas, culturais e pessoais que influenciam o escritor – aparecem já em "Notas para ler ao acaso", e estão em mais evidência nos primeiros rascunhos de "Anon". Essas influências mudam de uma época para a outra, compreendia ela – e de uma cultura para a outra – mas ignorá-las significa ignorar o importantíssimo papel que o contexto histórico e o público exercem na produção da arte.

Esse ponto não era novo para Woolf, cuja crítica desde o início estava imbuída de uma consciência das forças históricas e culturais que afetam a arte; mas a importância do público para o escritor tornava-se profundamente clara para ela à medida que sua própria sensação de isolamento aumentava. Tanto nas notas quanto nos próprios ensaios, para não mencionar seu recente romance, Woolf contrasta os aspectos coletivos da literatura inicial com o isolamento do escritor solitário que emergiu na Renascença e que lutava, em 1940 e 1941, para se tornar criativo num mundo em que o silêncio e a vacuidade eram a norma. Essa luta é registrada nos fragmentos restantes de "O leitor", que estão entre os últimos trabalhos de Woolf. Embora ela comece afirmando que o leitor "ainda existe; pois é fato que ele ainda está fazendo com que livros sejam impressos. Ele ainda está lendo Shakespeare", ela termina afirmando que a importância do leitor "pode ser aferida pelo fato de que quando sua atenção é desviada, em tempos de crise pública, o escritor exclama: Não posso mais escrever". Vale a pena observar, entretanto, que, numa das últimas anotações no diário de Woolf, ela ainda está planejando seu próprio livro: "Suponham que eu comprasse um bilhete no Museu; andasse de bicicleta diariamente e lesse história. Suponha que eu selecionasse uma figura dominante em cada época e escrevesse ao acaso" (*Diário*, 8 março de 1941). E as últimas palavras de "O leitor" – uma descrição da *Anatomia da melancolia* de Burton – nos dizem: "Vivemos num mundo em que nada está concluído".

Hoje, para nos ajudar a traçar as tentativas de Woolf para escrever seu livro, temos à mão uma variedade de fontes: as ideias e os esboços registrados em "Notas para ler ao acaso"; os três volumes de notas de leitura feitas especificamente para essa obra; e os numerosos manuscritos e páginas datilografadas de "Anon" e "O leitor". Com a exceção de um único volume de notas de leitura e sete páginas de "Anon" encontrados nos documentos da Monk's House na Biblioteca da Universidade Sussex, todo esse material está agora guardado na Coleção Berg da Biblioteca Pública de Nova York. O manuscrito dos ensaios consiste em cento e uma páginas. Setenta e duas delas estão incluídas num caderno que contém rascunhos de uma variedade de outros ensaios e resenhas; as páginas do caderno estão numeradas pela Biblioteca Pública de Nova York. Os vinte e nove manuscritos restantes consistem em folhas soltas, a maioria sem numeração, que foram reunidas em três pastas. As páginas datilografadas são, aproximadamente, em número de sessenta e uma, seis das quais estão em Sussex. A maioria das páginas da

Coleção Berg aparece nas treze pastas arquivadas como "Anon" e "O leitor"; duas estão arquivadas com outros trabalhos. As páginas datilografadas foram numeradas por Woolf à medida que ela as datilografava.

Embora os ensaios tivessem sido deixados num estado incompleto quando Woolf morreu, consegui reconstruir a partir do material existente os vários estágios de seu desenvolvimento, e chegar ao que era, muito provavelmente, a última sequência narrativa. Para fazer isso, entretanto, foi necessário estabelecer a ordem na qual o manuscrito e as páginas datilografadas foram produzidos. A ordem atual das folhas soltas não corresponde à ordem em que elas foram escritas nem, necessariamente, à mesma sequência narrativa. Essas folhas chegaram à Biblioteca Pública de Nova York divididas em grupos separados.[*]

Uma vez que os vários rascunhos são colocados em ordem cronológica, o que aparece é o seguinte: (a) três versões distintas de "Anon", das quais apenas a última constitui um ensaio completo, e (b) seis pequenos inícios, ou fragmentos, de um segundo ensaio que chamo de "O leitor". Designei as três versões de "Anon", como versões A, B e C; os seis fragmentos de "O leitor" estão rotulados de A a F. Woolf abandonou a versão A de "Anon" – que é datada de "24 nov. 1940" e que segue, em seus rascunhos iniciais, as ideias e o formato esboçados em "Notas para ler ao acaso" – quando a incorporação de

---

[*] Neste ponto, Brenda R. Silver descreve, em detalhes, a situação e o sistema do arquivamento dos documentos da Biblioteca Pública de Nova York referentes aos rascunhos de "Anon" e dos outros aos quais ela tentou dar uma ordem que os tornasse minimamente legíveis. Esses trechos foram aqui suprimidos. (N.T.)

novo material levou-a a reestruturar as partes. Quando arranjada para incluir o último rascunho de cada uma de suas sessões, a versão A consiste em uma sequência de páginas datilografadas numeradas de 1 a 19. A versão B, a primeira tentativa de Woolf de fazer uma reorganização, drasticamente condensa o material da versão A e faz algumas supressões importantes; não é acrescentado nenhum material novo. Ela existe apenas como um documento datilografado de dez páginas. Na versão C, por outro lado, Woolf acrescentou uma grande quantidade de material novo – cada nova seção estando presente em diversos rascunhos – e reestruturou o material nas primeiras duas versões. Quando juntamos o último rascunho de cada seção individual, a cópia datilografada vai, com a exceção de duas páginas de número "13" e uma página sem numeração entre a 28 e a 29, da página 1 à 30. O resultado desse esquema é o esboço aproximado de um ensaio completo e coerente. É essa sequência que propiciou o texto de "Anon" aqui reproduzido.

Qualquer pessoa que tenha lido todo o material da Coleção Berg, ou até mesmo que tivesse apenas passado os olhos por ele, imediatamente reconhece o quanto Woolf excluiu de "Anon" à medida que ele ganhava sua última – ainda que incompleta – forma. Embora fosse possível reproduzir inteiramente as três versões de "Anon" e os seis fragmentos de "O leitor", isso é tarefa de uma edição crítica, que não é factível aqui. Em vez disso, a fim de fornecer uma visão tão compreensível do último trabalho crítico de Woolf quanto possível, eu o dividi em três partes. A primeira, "Notas para ler ao acaso", é uma transcrição exata do manuscrito com esse nome. A segunda parte, "Anon", apresenta o texto de trinta e duas páginas de "Anon" derivado da versão C do ensaio, seguido por um comentário que explica o desenvolvimento do texto e reproduz passagens selecionadas que foram excluídas ou condensadas no rascunho final. A terceira parte, "O leitor", reproduz a cópia datilografada do fragmento F, o último dos seis, que incorpora a maioria das ideias exploradas nos fragmentos anteriores. Este também é seguido por um comentário e exemplos de rascunhos anteriores.

O estado incompleto dos ensaios, indicado pelo grande número de correções manuscritas nos rascunhos "finais" e pelas repetições no texto datilografado (Woolf estava claramente trabalhando na máquina de escrever nesse ponto), exigiu várias decisões editoriais importantes. Minha intenção foi fornecer textos claros e, ao mesmo tempo, deixar ver a complexidade das próprias cópias datilografadas.*

Nota

Deve-se registrar que na primeira nota da introdução a "Anon", Brenda R. Silver faz o seguinte agradecimento: "Diversas pessoas me ajudaram na preparação deste trabalho, tanto na solução de problemas textuais como na localização de referências. Em particular, quero agradecer a Peter A. Bien, T. Gaylord e Peter Saccio, meus colegas em Dartmouth; Margaret Comstock, John W. Graham, Jane Marcus e James L. Steffensen Jr.; e aos meus colaboradores na organização deste volume: Louise DeSalvo, Ellen Hawkes e Lucio P. Ruotolo".

* Neste final, Silver lista os símbolos ou sinais pelos quais ela sinalizou os vários "acidentes" próprios de rascunhos de qualquer tipo de escrita. Como não os reproduzo na tradução, deixo de reproduzir aqui as indicações de Silver. Reproduzo, entretanto, o agradecimento de Silver às pessoas que lhe ajudaram na produção desses textos. (N.T.)

Anon

"Por muitos séculos depois de a Bretanha ter se tornado uma ilha", diz o historiador, "a floresta selvagem reinava. O chão úmido e musgoso se escondia do olho do céu por uma cerrada cortina tecida de inumeráveis copas de árvore." Em cima daqueles galhos emaranhados inumeráveis pássaros cantavam; mas sua canção era ouvida apenas por uns poucos caçadores cobertos de pele nas clareiras. Será que a vontade de cantar ocorreu a um desses caçadores porque ele ouviu os pássaros cantar, e assim ele apoiou o machado na árvore por um instante? Mas a árvore tinha que ser abatida; e uma cabana construída com seus ramos antes que a voz humana também viesse a cantar.

> Numa margem me estirei
> Devaneando a sós, olalá!
> De um pássaro a cantoria
> Encheu-me de alegria,
> Cantando antes do dia;
> E pensei na sua melodia
> Disse ela, adeus inverno, olalá!

A voz que quebrou o silêncio da floresta era a voz de Anon. Alguém ouviu a canção e a decorou pois mais tarde ela foi escrita, lindamente, num pergaminho. Assim o cantor tinha seu público, mas o público estava tão pouco interessado no seu nome que ele nunca pensou em fornecê-lo. O público era, ele próprio, o cantor; "Lalari, lalalá", eles cantavam; e "Nana, nenê", preenchendo as pausas, dando uma ajuda com o coro. Todo mundo partilhava do enlevo da canção de Anon, e fornecia a história. Anon cantava porque a primavera chegara; ou o inverno se fora; porque ele ama; porque está com fome, ou lascivo; ou alegre; ou porque adora algum Deus. Anon é, às vezes, um homem; às vezes, uma mulher. Ele é a voz coletiva cantando na rua. Não tem casa. Vive uma vida itinerante atravessando os campos, subindo pelos morros, deitando-se embaixo do pilriteiro para ouvir o rouxinol.

Deixando de lado uma chaminé ou uma fábrica ainda podemos ver o que Anon viu – o pássaro que frequentava o charco de juncos sussurrantes, a colina e a cicatriz verde ainda não suturada pela qual ele vinha quando fazia suas jornadas. Ele era um cantor simples, surripiando uma canção ou uma história dos lábios de outras pessoas, e deixando que os ouvintes se juntassem ao coro. Às vezes ele compunha uns poucos versos que se casavam exatamente com suas emoções – mas não há nenhum nome ligado a essa canção.

Depois quando as casas tinham se reunido em alguma clareira num círculo, e as estradas, muitas vezes alagadas, muitas vezes enlameadas, levavam da casinha ao Solar, do Solar à Igreja no meio, chegaram os menestréis, os malabaristas, os domadores de ursos, cantando suas canções junto à porta dos fundos para os lavradores e as criadas no rude jargão de sua língua nativa.

> Estou, por amor, exaurido e insone,
> todo esvaído como águas agitadas

No andar de cima conversavam em francês. As palavras de Anon soavam tão bárbaras para o amo e a ama quanto soam para nós. Anon, cantando na porta dos fundos, era desprezado. Ele não tinha nome; ele não tinha moradia. Contudo, ainda que tivessem desprezo pelo cantor, cujo corpo punha a alma na canção, eles o toleravam. Até os reis e as rainhas, nos dizem os estudiosos, devem ter o seu menestrel. Eles tinham necessidade de seu comentário, de sua bufonaria. Alojavam-no na casa, toleravam-no, tal como toleramos os que dizem em voz alta o que sentimos mas somos demasiadamente soberbos para admitir. Ele usava o privilégio de forasteiro para zombar do solene, para fazer comentários sobre o estabelecido. Os clérigos temiam e odiavam o cantor anônimo. Eles faziam o possível para [...]. Eles punham a ele e a seu duplo dom a serviço da igreja. Ele era visto atuando na missa na igreja; mas, à medida que atuava cada vez mais em sua própria arte, largava a igreja e apresentava seu *pageant* no adro, ou, mais tarde, era-lhe concedido um lugar na praça do mercado para sua encenação. Mas continuava inominado e, no mais das vezes, irreverente, obsceno.

Contudo, durante os silenciosos séculos antes de o livro virar impresso, sua voz era a única que se podia ouvir na Inglaterra. Não fora por Anon entoando sua canção junto à porta dos fundos os ingleses seriam uma raça calada, uma raça de mercadores, soldados, sacerdotes; que deixaram em seu rastro casas de alvenaria, campos cultivados e grandes igrejas, mas nenhuma palavra. Foi Anon que deu voz às histórias antigas, que incitava os camponeses, quando chegava à porta dos fundos, a tirarem suas roupas de trabalho e a se fantasiarem com folhas verdes. Foi ele quem encontrou palavras para eles entoarem quando iam às grandes festividades prestar homenagem aos antigos deuses pagãos. Ele lhes ensinava as canções que eles cantavam no Natal e no solstício de verão. Ele os levava até a árvore assombrada; à nascente; à antiga laje sepulcral em que eles prestavam homenagem aos deuses pagãos. Se pudéssemos ver o vilarejo tal como ele era antes da época de Chaucer, veríamos as trilhas ao longo dos campos ligando a casa senhorial à choupana, e a choupana à igreja. Algumas dessas veredas eram naturalmente sulcadas por soldados e trabalhadores. Eles devem lutar juntos e lavrar juntos para não serem vencidos pelo homem e pela natureza. Essa conexão, à medida que o tempo passa e a pena registra a luta cotidiana, é ainda penosamente registrada nos antigos assentamentos de cartas e de contas. Ela constitui a parte principal da antiga correspondência entre os Pastons de Norfolk e os Betsons e os Paycockes de Essex.

Mas havia também a outra e menos visível conexão – a crença comum. Aquela trilha entre as casas do vilarejo – como a trilha pela qual os peregrinos viajavam a Canterbury – ninguém vai mais agora por esse caminho. Mas antes da época de Chaucer ele era trilhado diariamente. Ele levava à árvore; ao poço. Na primavera levava ao Mastro de Primeiro de Maio. No solstício de verão eles acendiam a fogueira na colina. No Natal os atores de pantomimas representavam a antiga peça de Anon; e os meninos chegavam cantando sua canção natalina. A estrada levava às sepulturas antigas, às lápides funerárias nas quais no passado os ingleses tinham oferecido sacrifícios. Os camponeses ainda iam instintivamente, na primavera e no verão e no inverno, naquela direção.

Os antigos Deuses jaziam, ocultos, sob os novos. Era a esses, levados por Anon, em suas camadas de folhas verdes, levando espadas nas mãos, dançando pelo meio das casas, representando seus antigos papéis, que eles prestavam culto.

Foi à prensa tipográfica que finalmente coube matar Anon. Mas também coube à prensa tipográfica preservá-lo. Quando, em 1477, Caxton imprimiu os vinte e um livros da *Morte d'Arthur*, ele fixou a voz de Anon para sempre. Penetramos, aí, no reservatório da crença comum que jazia profundamente mergulhada na mente de camponeses e nobres. Aí, nas páginas de Malory, ouvimos a voz de Anon ainda murmurando. Se o próprio Caxton duvidava – o Rei Artur, objetava ele, nunca existiu – ainda havia pessoas da pequena e da alta nobreza que eram afirmativas. Elas diziam que se podia ver o crânio de Gawaine em Dover; e a Távola Redonda em Winchester; e "em outros locais a espada de Lancelot e muitas outras coisas". Caxton cunhou, assim, em letra de imprensa, o antigo sonho. Ele trouxe à superfície o oculto mundo antigo: é um mundo variado. Há Londres; e Carlisle; e St. Albans; há o Arcebispo de Canterbury e de St. Paul. As estradas levam para além de Londres, para castelos nos quais Cavaleiros jazem encantados; pelas estradas cavalgam Rainhas em mulas brancas; a Fada Morgana transforma-se em pedra; e uma mão ergue-se do lago empunhando a Excalibur. A história é contada com a crença implícita de uma criança. Ela tem a paixão de uma criança pelo detalhe. Tudo é afirmado. A beleza está na afirmação, não na sugestão. "Assim ele entrou e buscou de aposento em aposento, e verificou a cama dela, mas ela não estava lá; então Balin esquadrinhou um pequeno jardim, e embaixo de um loureiro ele a viu deitada em cima de uma colcha de samito e um cavaleiro com ela, e, sob suas cabeças, grama e ervas." O mundo é visto sem comentário; sabia o escritor que beleza ele nos faz ver?

Mas, exceto pelo fato de que a autoconsciência não tinha ainda erguido seu espelho, aqueles homens e mulheres somos nós mesmos, vistos fora de perspectiva; alongados, encurtados, mas muito velhos, com um conhecimento de tudo que é bom e de tudo que é mau. Eles já estão corrompidos nesse mundo novo. Eles têm sonhos perversos. Artur está predestinado ao fracasso; as Rainhas são lascivas. Nunca houve, ao que parece, um tempo em que os homens e as mulheres fossem privados de memória. Nunca houve um mundo jovem. Por detrás dos ingleses estendem-se eras de labuta e amor. Esse é o mundo por debaixo de nossa consciência; o mundo anônimo ao qual podemos ainda retornar. Sobre o escritor os estudiosos podem encontrar alguma coisa. Mas Malory não é diferente de seu livro. A voz é ainda a voz de Anon contando sua história sobre os Reis e as Rainhas que são ignóbeis e heroicos; vis e amáveis, como nós mesmos, despojados dos empecilhos que o tempo envolveu em torno de nós.

A prensa tipográfica de Caxton pressagiou o fim desse mundo anônimo. Ele está agora registrado; fixado; nada será acrescentado; mesmo que a lenda ainda murmure, e em Somersetshire os camponeses ainda se lembrem de como "na noite de lua cheia o Rei Artur e seus homens cavalgam ao redor da colina, e seus cavalos estão ferrados de prata". A prensa tipográfica deu vida ao passado. Deu vida ao homem que está consciente do passado, ao homem que vê seu tempo contra um pano de fundo do passado; o homem que pela primeira vez vê a si mesmo e se mostra para nós. O primeiro golpe fora desferido em Anon quando o nome do autor foi anexado ao livro. O indivíduo emerge. Seu nome é Holinshed; seu nome é também Harrison. Harrison, emergindo do passado, nos conta que tem uma biblioteca; que é dono de um mastim; que desenterra moedas romanas. Ele nos conta que nunca esteve mais de quarenta milhas além de Radwinter, em Essex. Anon está perdendo sua ambiguidade. O presente está se tornando visível. Harrison vê o presente contra o passado assentado, registrado. O presente parece degenerado, bruto, em contraste com aquele passado. Há agora conforto em demasia; o travesseiro tomou o lugar do velho cepo com uma depressão no meio; há chaminés em demasia. Os jovens Shakespeares e Marlowes não são os homens que os seus pais eram. Eles são frágeis e sujeitos ao reumatismo. Além disso se vestem de maneira mais extravagante em comparação com seus ancestrais.

Ele não vê os atores de pantomimas e os cantores de canções natalinas; ele não ouve a voz de Anon; ele quase não ouve nem mesmo a canção dos peregrinos de Canterbury de Chaucer. Pois o passado inglês tal como Harrison o via servia apenas para destacar a mudança material – a mudança que afetava as casas, a mobília, o vestuário. Não havia nenhuma literatura inglesa para destacar a mudança de mentalidade. A canção de Anon à porta dos fundos era tão difícil para ele de explicar quanto é para nós. E mais penosa, pois ela fazia lembrá-lo de sua privação de uma ancestralidade intelectual. Seu *pedigree* intelectual remontava, no máximo, a Geoffrey Chaucer, William Langland, John Wycliffe. Para ter antepassados pela via da mente ele deve cruzar o canal: seus antepassados pela via da mente são os gregos e os romanos. Sua página está repleta dessas provas de boa educação – Henrique Cornélio Agrippa; Suetônio; Plínio, Cícero – ele os cita para provar sua nobreza intelectual tal como nós, para provarmos a nossa, citamos os elisabetanos. Ele dá as costas ao presente. Ele não ouve Anon cantando à porta dos fundos; ele ignora os atores que representavam seus toscos dramas na praça do mercado. No andar de cima, diz ele, no salão, "nossas velhas damas da corte" podem ser vistas lendo histórias e crônicas, os gregos e os latinos, ao mesmo tempo em que estão envolvidas em seu bordado. E os acadêmicos liam os clássicos que estavam acorrentados às estantes nas bibliotecas de faculdades. Entretanto, a despeito do livro impresso, as pessoas comuns ainda estavam apegadas a suas lascivas práticas.

O pregador, fazendo sua ronda a cavalo, de vilarejo em vilarejo, flagrou-os em ação e ergueu a voz enfurecido. "Indo de Londres a cavalo em direção à casa", Latimer, por volta de 1549, dirigiu-se à igreja para pregar e encontrou a porta fortemente trancada à sua frente. Ele esperou por mais de meia hora; e por fim "um dos paroquianos veio até mim e disse: Senhor, este é um dia atarefado para nós, não podemos ouvi-lo, é o dia de Robin Hood. Os paroquianos foram para fora para se reunirem em honra de Robin Hood. Fui obrigado a ceder o lugar a Robin Hood. Julguei que minha sobrepeliz fosse respeitada, ainda que eu não fosse: mas não serviria, era obrigado a ceder o lugar aos homens de Robin Hood. Não é motivo de riso, meus amigos, é motivo de choro, coisa séria, sob o pretexto de se reunirem em honra de Robin Hood, um traidor, e um ladrão, deixar de fora um pregador...".

Robin Hood não passava de um ladrão para Latimer, e os camponeses que lhe prestavam honra ainda estavam cegos pela superstição. Ele próprio andara "à sombra da morte" até os trinta anos. Então o gentil mestre Bilney, em Cambridge, abriu-lhe os olhos. Agora eles não se deixavam enganar pelas antigas práticas papistas, pelos antigos costumes pagãos. Eles viam a própria Inglaterra neste momento em toda a sua realidade. Enquanto ele caminhava tentando ler seu livro no jardim do Arcebispo de Canterbury ouviu-se uma batida no portão. E seu servo entrou e disse: "Senhor, há alguém ao portão que gostaria de falar consigo". Então ele fechou o livro e foi para o meio dos pobres; foi para as prisões, para os campos. "O clamor dos trabalhadores entra em meus ouvidos, dizia ele. Ele ouvia "os trabalhadores pobres, os armeiros, os fornecedores de pólvora, os fabricantes de arcos, os fabricantes de flechas, os ferreiros, os carpinteiros, os soldados e os outros artesãos" que se queixavam de não ser remunerados. Ele se deparou com o pobre sem nenhum ganso ou porco pois os grandes estavam cercando os campos. Ele foi até um dos grão-senhores e o encontrou ainda na cama, após a caça com falcões e a caça com armas, e o vestíbulo estava cheio de litigantes pobres esperando apresentar suas queixas. Ele viu os padres coadjutores em seus sapatos e chinelos de veludo "se reunirem para dançar a dança mourisca". Ele viu as damas elegantes em anquinhas com os cabelos enfunados em tufos sob toucas francesas. Ele viu os rapazes, não mais atirando com o arco longo, como o pai lhes ensinara a fazer, mas jogando bola de pau, bebendo, frequentando prostitutas. E nas ruas de Londres ele viu a meretriz caminhando para a execução, divertindo-se enquanto caminhava e gritando: "que, se os bons rapazes tivessem mantido o contato com ela, ela não estaria agora nessa situação". Ele observou o cheiro de corpos em decomposição no adro da Igreja de St. Paul e vaticinou a praga que estava por vir. E em cada vilarejo ele encontrou camponeses caminhando em peregrinações, arranjando velas, idolatrando ossos de porco e seguindo Robin Hood. Como poderiam eles agir de modo diferente se não havia nenhuma pregação nos púlpitos, se as palavras que ouviam eram ditas numa língua que não podiam entender?

Assim ele andava pela Inglaterra pregando em inglês, não importando se pregava montado num cavalo ou em pé debaixo de uma árvore ou se pregava para o Rei em pessoa. Ele não abrandava suas palavras. Ele falava para o Rei em pessoa numa voz que hesita, que repete, que perde o fio do argumento – pode-se quase ouvir o punho golpeando o púlpito – pouco importa, ele levará ao conhecimento do Rei o estado real da Inglaterra. Ele desvelará, mostrará, falará a verdade, ainda que ela o leve a pagar penitência como levou o seu mestre, o gentil Sr. Bilney, "que passou a vida visitando prisioneiros e pessoas doentes". Resta-lhe apenas um pequeno passo para que também ele se poste fora de Bocardo, em Oxford, e sinta as chamas em sua própria carne. Assim ele verte sua ira. Assim ele lança luz sobre a situação da Inglaterra numa voz que hesita, que utiliza a linguagem franca da lavoura de onde ele brotou. É a voz da razão, da humanidade, do senso comum. Há uma urgência em sua pregação. Não é uma voz culta; não é uma voz palaciana; é a voz de um homem simples, que bota abaixo a superstição antes de ele também se juntar ao Mestre Bilney na fogueira. E contudo, a despeito de sua premência, de sua severidade, ele é um homem de carne e osso. Ele faz as suas piadas. Ele conta suas histórias. Ele tem uma curiosa compaixão pelo humano. Ele é um homem do povo, um homem com humor, com um amor pela caça, com um respeito pela aristocracia. Mas ele vê, como não pode ver o cortesão, como não pode ver o pobre, que a superstição e a ignorância predominam no país. É em favor da iluminação e da aprendizagem que ele clama. Doem o dinheiro, ele implora, que costumava ser gasto em "viagens de peregrinação, em exéquias e missas, em atos de expiação" aos filhos dos pobres de modo que eles possam se tornar letrados. "Não há agora mais ninguém na faculdade além dos filhos dos grão-senhores". "Vai acontecer que não haverá nada mais que uma diminuta divindade inglesa, que conduzirá o reino a uma barbárie e à completa decadência do saber." E enquanto os camponeses estão morrendo de fome, e persistindo em suas grosseiras superstições, ele vê em toda parte mansões se erguendo. "Todo o empenho dos homens hoje em dia está em construir vistosas e suntuosas casas, em erguer e demolir, e nunca pararam de construir."

Tanto Latimer quanto Harrison, o pregador e o historiador, viram a mansão se erguendo sobre as ruínas do passado. Cada um à sua maneira denunciou sua ostentação, sua imoralidade. Lá, hoje, erguendo-se em sua ilha verde de parque, muitas vezes separada da rodovia apenas por um declive no terreno e um muro baixo vermelho, ela apequena seus vizinhos. Ela parece incongruente, erguendo-se entre os bangalôs e as lojas. Com sua conglomeração de chaminés, capelas, telhados ela parece desproporcional, extraviada, abandonada. Dentro tudo está mantido como se a Rainha Elizabeth ainda fosse esperada. As cadeiras elisabetanas retas estão dispostas em volta das paredes. Suas fímbrias e tapeçarias não estão muito desbotadas. As grandes mesas de carvalho são pesadas e estão polidas. Os guarda-louças e as cômodas entalhados parecem novinhos em folha. Os candelabros de vidro lapidado pendem do reboco decorado do teto. Até as quinquilharias sobreviveram: a caixa de costura marchetada, o alaúde em forma de pera que a Rainha uma vez tocou. A mobília é a mesma; rígida, ornada, angulosa e sem estofo. Há as mesmas anquinhas que provocaram a ira do pregador.

As roupas elisabetanas têm sido objeto de muita atenção do romancista histórico e de muito pouca do psicólogo. Que desejo era esse que levou a essa extraordinária exposição? Deve ter havido algum protesto, algum desejo de afirmar alguma coisa por detrás das capas com pespontos; dos rufos rijos; das correntes lavradas e dos laços de pérolas. O custo era alto; o desconforto, estarrecedor; e contudo a moda prevalecia. Era talvez a marca de uma era anônima, indocumentada, instaurar o individual; tornar o corpo físico da pessoa tão vivo, tão definido, tão acentuado quanto possível? A fama devia ser concentrada no corpo; uma vez que o outro tipo de fama, a publicidade do papel, da fotografia, lhes era negada. Quando a arte da expressão verbal ainda não se formara era a eloquência da roupa que falava?

Os elisabetanos são silenciosos. Não há nenhuma linguagem breve, nada curto, íntimo, coloquial. Quando escrevem, o ritmo da Bíblia está em seus ouvidos. Isso torna a fala deles estranha. Ela expressa apenas certas emoções. Assim quando Lady Anne Bacon escreve ao filho ela é uma pregadora se dirigindo a um subalterno. O temor de Deus e a descrença no homem a circunda tal como as paredes de um calabouço. Ela admoesta; ela exorta. O objeto real – trata-se de uma cesta de morangos – é abordado indireta, cerimoniosamente. O grego e o latim vertem de sua pena tão facilmente quanto uma frase francesa verte da nossa. Eles se envolvem numa veste incômoda quando tentam falar. Por isso, de novo, não podemos ouvir a rascante voz inglesa que eles ouviam à porta dos fundos, a voz do ator de pantomimas e do menestrel. Tampouco podemos ver as trilhas que levavam à fonte e à árvore. Robin Hood foi embora com seus divertidos homens. A alegre e suntuosa casa, plena de imprecações e grosserias e também de saber, de cortesia, está silenciosa; uma casa cheia de mobília e ornamento mas desabitada. Cores vivas e contrastantes se cruzam em suas faces; escarlate e cor de neve; cor de ébano e dourado; mas não há nenhuma conexão natural, nenhum aspecto comum.

O escritor, que é distinto do menestrel, cujas palavras estão impressas num livro que carrega seu nome, deve ser um poeta. Pois quando as cartas comuns estão escritas em prosa bíblica, há um limite quanto ao que pode ser posto em palavras. Há uma barreira entre o dizível e o indizível. Se ele não pode falar, ele deve cantar. Mas embora no início do século dezesseis a prensa tipográfica tivesse dado ao poeta um nome, ele ainda não era especializado. Ele não é totalmente escritor nem totalmente músico nem totalmente pintor. Parece possível que a grande arte inglesa possa não ser a arte das palavras. Ele vê nitidamente o que está diante dele sem a sombra da reflexão: seu ouvido é estimulado pelo som das palavras faladas em voz alta. Ele deve tornar as palavras sonoras, o ritmo, óbvio, uma vez que elas devem ser lidas em voz alta e em público. "Eu passava a maior parte do meu tempo", escreveu Lady Anne Clifford, "jogando *Glecko* e ouvindo Moll Neville lendo a *Arcádia*... Rivers costumava ler para mim os *Ensaios* de Montaigne, e Moll Neville, *A rainha das fadas*". Ademais, as palavras deviam se mover facilmente à cadência da voz que cantava, ao som do alaúde e dos virginais. Os ingleses, nessa época, cantavam suas canções, ou tocavam-nas. Quando Londres estava em chamas, Pepys observou que "apenas um batelão ou barco em cada três tinha os bens de uma casa dentro dele, mas havia um par de virginais". A música se movimentava por sob as palavras. Nenhuma gramática as amarrava rigidamente. Elas podiam ser lidas em voz alta; ser dançadas ou cantadas; mas não podiam acompanhar o compasso da voz falante. Elas não podiam entrar no mundo privado.

Spenser, na época, "um homenzinho de cabelos curtos, com uma pequena faixa e punhos", postado na soleira da porta da "vistosa casa" em Penshurst, estava afastado do menestrel; do cronista; e de seu público. Eles não se juntavam mais à canção nem acrescentavam seus próprios versos ao poema. Mas o livro que lhe dera uma existência separada deu origem a um pequeno grupo de leitores. Ele teve que se introduzir no salão em que a aristocracia sentava-se sossegadamente depois da caça e da falcoaria e de ter passado em revista suas propriedades. Esse público logo começou a exercer sua pressão. Qual livro agradará meu mecenas Sir Philip Sidney? Qual tema será recomendável para a Rainha? A quem devo elogiar, quem posso satirizar? Imediatamente vieram à luz algumas daquelas inumeráveis influências que estão destinadas a forçar, deformar, frustrar; tanto quanto a estimular e a inspirar. O poeta não é mais uma voz errante e sem nome, mas alguém que está ligado ao seu público, fixado a um único lugar e sujeito a influências exteriores. Algumas delas são visíveis apenas para ele; outras se revelam apenas com o passar do tempo. À medida que o livro atinge um público maior, mais variado, essas influências se tornam cada vez mais complexas. Segundo sua riqueza, sua pobreza, sua educação, sua ignorância, o público reivindica aquilo que satisfaz sua própria necessidade – a poesia, a história, a instrução, uma história para fazê-los esquecer suas próprias e monótonas vidas. Aquilo que o escritor tem que dizer torna-se crescentemente pesado. É para ser descoberto apenas num lampejo de reconhecimento. Assim, alguns dizem que a barba se encrespa quando isso lhes acontece; outros, que um calafrio desce pelos nervos da coxa. Libertar a canção do impacto do público torna-se, à medida que o tempo passa, uma tarefa para o crítico – este provador particularmente equipado ainda não existia quando *A rainha das fadas* emergiu das profundezas do anonimato.

Essas profundezas, esses longos anos da arte anônima dos menestréis, da canção folclórica, da lenda e das palavras que não tinham nenhum nome a elas vinculado, estendiam-se às suas costas. A confusão delas exercia pressão sobre ele. Ele estava consciente delas. "Pois por qual razão, pelo amor de Deus", exclamou ele, "não podemos nós, como, aliás, os gregos, ter o domínio de nossa própria língua...?" Ele era sensível à palavra; um artista; consciente de seu meio; de que as palavras não são pintura, nem música; mas que têm suas possibilidades; suas limitações. O escritor deve, pois, para ser consciente, ter um passado a apoiá-lo. Para Spenser, a época áurea foi a de Chaucer. "Dan Chaucer, a fonte impoluta da língua inglesa..." Ele acreditava que "a doce infusão de teu próprio espírito que em mim sobrevive" poderia ajudá-lo. Ele se volta para Chaucer; ele descende de Chaucer. Foi Chaucer quem lhe deu o padrão pelo qual medir suas próprias palavras. Mas ali onde o escritor moderno ataca o trabalho atual de alguém da geração que acabou de partir, fazendo daquele livro o ponto de partida em outra direção, a revolta de Spenser não era contra nenhum escritor em particular – quem estava ali escrevendo em inglês senão Chaucer? – mas contra a língua em si, sua decadência, desde Chaucer, sua corrupção. Talvez a crueza de Chaucer servisse de antídoto à sua própria facilidade. Talvez, além disso, ele usasse as complicadas palavras de outrora, não como nós hoje, que podemos voltar a elas para agudizar aquilo que o uso excessivo tornara polido; mas para restringir o que estava por vir. Ele estava, de uma forma que não somos capazes, consciente do futuro. Em toda parte, nas baladas, nas conversas da taverna, à porta dos fundos, ele deve ter ouvido algo, vindo de baixo, irrompendo, crescendo. Era, em parte, para refrear a insurreição vindoura que ele se voltava para os Peregrinos de Canterbury?

Como ocorre com tanta frequência, foi a atração do oposto que levou Spenser a Chaucer. Pois há aquela conexão entre *A rainha das fadas* e *Os contos de Canterbury* e nenhuma outra. Um deles é claro, agudo, preciso; o outro sensual, sinuoso, divertido. Um é direto, sobre este homem real, esta mulher real, aqui e agora; o outro vagueia por um tempo que não é nem passado nem presente, por terras que não são conhecidas nem desconhecidas. Diferentemente de Malory, ele deixou de crer em gigantes. A fé que os nobres tinham, em 1470, na existência real de Artur, transformou-se em ceticismo. Falta ao seu poema alguma realidade que Malory obtinha sem refletir. Malory também estava atrás dele. Onde Malory vê à frente Spenser vê ao longe. Ele vê os Cavaleiros e as damas com pesar, com desejo, mas não com convicção. Não há nenhuma aspereza em suas figuras; nenhuma aresta; nenhuma angústia; nenhum pecado. Por outro lado, ele nos mostra, de uma forma que Malory não consegue, o mundo que os rodeia. Ele se dá conta do tempo e da mudança. E olhando para trás, à distância, ele os vê pictoricamente; agrupados, como as personagens num afresco, com as flores crescendo aos seus pés, com pilares de mármore atrás delas, as árvores com pássaros de cores vivas, e o leopardo e o leão vagando ou deitados de cabeça erguida. Não há nenhuma tensão; nenhuma direção; mas sempre movimento, à medida que a métrica arremessa sua curva de som, para quebrar, como uma onda, no mesmo lugar, e, como uma onda, refluir, encher novamente. Envoltos nesse encantamento cochilamos e adormecemos; contudo sempre vemos através das águas alguma coisa iluminada.

Spenser, em pé na soleira da casa grande, está metade na sombra, metade na luz. A metade está ainda indefinida pois ele não consegue confinar as emoções dentro de si mesmo. Ele precisa simbolizar, exteriorizar. O ciúme não é uma paixão que brote de lábios reais. Ele deve fazê-lo flutuar no exterior; torná-lo abstrato; dar-lhe uma forma simbólica. Ele não pode falar pela boca de indivíduos. O corpo contendo dentro de si todas as paixões está ainda submerso na obscuridade. Mas a outra metade dele está na luz. Ele está consciente de sua arte de uma forma que Chaucer não estava, nem Langland, nem Malory. A sua não é mais uma voz errante, mas a voz de um homem que pratica uma arte, que reivindica reconhecimento e está amargamente consciente de sua relação com o mundo, do escárnio do mundo. Tivesse o poeta permanecido no salão, proferindo seu livro ao pequeno grupo de leitores, a poesia inglesa poderia ter continuado uma poesia livresca, lida em vez alta; uma reminiscência; uma reflexão; algo ouvido pela escuta ociosa no salão. Mas havia a outra voz; a voz à porta dos fundos. Spenser a ouvira. Ele se lembrava da voz dos "menestréis fazendo uma grande folia, com bardos libertinos e versejadores impudentes". Ele estivera presente, diz-se, no *pageant* em Kenilworth quando, para divertir a Rainha, uma peça antiga fora encenada. Ele vira "o ator vestido de verde", a velha peça que os camponeses representavam quando a primavera chegava e, para aplacar a terra, o ator de pantomimas forrava-se de folhas verdes.

Mas o inglês estava chegando à Corte. Tal como outras pessoas importantes, a Rainha devia ter sua diversão. Sempre que a Rainha ia à mansão, os menestréis atuavam diante dela em inglês. Por mais irônico que pareça, o mesmo pregador que era a favor de banir Robin Hood acabou por forjar a arma que deu aos velhos menestréis um novo impulso. Quando Latimer recitava o Pai-Nosso em inglês no começo e no fim de seus sermões ele estava pondo o inglês nas alturas. Ele estava resgatando-o da porta dos fundos. Ele estava ensinando os nobres e os camponeses a respeitar sua língua materna. Ele estava possibilitando que a aristocracia e a gente simples se sentassem juntos no mesmo teatro assistindo uma peça.

Pois os menestréis errantes, expulsos da Igreja, que estavam agora assumindo seu posto na praça do mercado ou no pátio de uma estalagem, tinham, de alguma forma, por volta de 1576, tomado posse de um teatro. Era, no começo, um lugar sombrio; mas por volta de 1591 o teatro de Southwark precisava ser reformado. Tábuas e pregos e dobradiças e vigas foram trazidas para o Rose. Carpinteiros e pintores foram contratados, e as quantias gastas na reconstrução foram registradas, por fim, por Henslowe, em seu livro encadernado em pergaminho. Era um teatro de madeira, em parte descoberto, em parte coberto com colmo. Ficava em Southwark, perto dos "renomados bordéis" de Barge, Bell e Cock. O contraste entre a cidade e o campo, a julgar pelo mapa de Norden, era nítido. Ali, numa massa de pináculos e ruelas, estendia-se a Cidade. Mas campos de capim se erguiam atrás dela. De Southwark se tinha uma vista da campina. Os campos e as colinas ficavam perto dos bordéis do Bankside. E o Bankside estava infestado de porcos.

O teatro, de acordo com o dr. Greg, podia abrigar três mil pessoas. A maioria pagava um pêni para ficar ao ar livre; dois garantiam um assento; seis era o preço de um assento coberto. O público vinha em bandos do outro lado do rio. Pois que outra diversão havia, perguntava um contemporâneo, numa tarde, para o "número de capitães e soldados ao redor de Londres"? Apenas as diversões que os pregadores tão furiosamente denunciavam; o carteado, o jogo de dados, os jogos de azar, a busca de prostitutas e a bebida. As pessoas comuns vinham do outro lado do rio, das ruelas putrefatas e abarrotadas em torno da igreja de St. Paul, local em que os cadáveres cheiravam muito mal. Eles vinham a despeito dos pregadores e dos magistrados. Eles vinham em tão grande número que os barqueiros viviam do dinheiro das passagens. A bandeira ondulava; os trompetes soavam, e perto das duas e meia da tarde o público se aglomerava no teatro. Debaixo das nuvens ou debaixo da luz solar eles viam os atores saindo pelas portas, ricamente trajados nos tafetás e nos ouropéis, nos gibões de cetim e nos calções compridos densamente cobertos de renda dourada, como registrou Henslowe em seu livro, ou, de acordo com um espectador, vestidos nas roupas descartadas pelos nobres e vendidas por seus criados. Eles estavam esplendidamente vestidos. Mas não havia nenhum cenário. O sol batia ou a chuva caía nas pessoas comuns que estavam de pé no pátio. Então o Rei falou:

> Irmão Cosroe, sinto-me ofendido,
> Embora não o bastante para expressá-lo;
> Pois isso exigiria um longo e troante discurso.

Finalmente um homem fala por si próprio. As vozes errantes são reunidas, corporificadas. Não há mais nenhuma abstração. Tudo é visível, audível, tangível à luz do momento presente. O mundo toma forma atrás dele. O Egito e a Líbia e a Pérsia e a Grécia se erguem. Os reis e os imperadores avançam com passos largos. Como grandes mariposas sacudindo as asas ainda úmidas e enrugadas, eles desvelam as grandiosas frases, as absurdas hipérboles.

> A primavera está debilitada por seu sufocante anfitrião,
> Pois nem a chuva consegue cair sobre a terra
> Nem o sol refletir seus virtuosos raios sobre ela,
> O solo está encoberto por essas multidões.

A extrema extensão das palavras mal consegue dar corpo a esse vasto universo que luta para vir à existência. As palavras aumentam; empilham-se umas em cima das outras; perdem o equilíbrio e tombam. Os grandes nomes fazem tinir seus címbalos. Se, levado por essa pressão, o poeta vira para o lado,

> Assim dizem os poetas meu senhor
> E é uma bela diversão ser um poeta,

ele é instigado. Não há nenhuma pausa, nenhuma cortina. Os exércitos marcham; os cavalos relincham; as batalhas são travadas. O sangue escorre. Em geral os Deuses estão sentados em seus respectivos tronos. Os Deuses exigirão tributo. Entrementes nos vangloriemos:

> Nossas almas, cujas faculdades podem compreender
> A maravilhosa arquitetura do mundo,
> E medir o curso de cada planeta errante,
> Ainda subindo em busca de conhecimento infinito,
> E sempre se movendo como as inquietas esferas,
> Desejam que nos esgotemos, e nunca descansemos...

Então, de repente, o triunfo se rompe; o poeta muda sua toada

> O que é a beleza, disseram então meus sofrimentos?
> Se todas as penas que alguma vez os poetas suportaram
> Tivessem alimentado as sensações dos pensamentos
> de seus amos...
> Se estes tivessem feito um único período do poema,
> E todos combinados em mérito da beleza,
> Contudo deveria pairar em suas incansáveis cabeças
> Um pensamento, uma graça, um prodígio, ao menos,
> Que em palavras nenhuma virtude pode resumir.

Há um solavanco nas pontas. Por belas que sejam as palavras, a mente desliza para outro trilho. Para dizê-las o poeta se separou dos atores. Ele ainda não consegue fazer com que Tamburlaine fale aquelas palavras com os próprios lábios. A peça é ainda, em parte, o trabalho de um público indiferenciado, que exige grandes nomes, grandes feitos, esboços simples, e não a sutileza individual de uma única alma. O público é silencioso. Se tentamos observar o público fora do teatro, em suas vidas privadas, vemos apenas fragmentos, espectros efêmeros. Há as irmãs Fytton, filhas de Sir Edward Fytton, Cavaleiro de Gawsworth em Cheshire. Mary, a mais jovem, tornou-se uma das damas de honra de Elizabeth. Ela vai de sua casa de campo para a alta sociedade. Sir William Knollys, uma pessoa de grande importância ali, prometeu ao pai dela que não falharia em "satisfazer vosso desejo de fazer o papel de pastor de Deus e defenderei, no que estiver ao meu alcance, o cordeiro inocente da crueldade de lobo e da sutileza de raposa das bestas domesticadas deste lugar...". Suas palavras tecem um véu através do qual nada é visto em sua forma real. O silêncio cai. Então, em metáforas intricadas, fazendo uso de imagens antigas, falando por circunlóquios sobre a primavera e o verão e a geada do inverno e as flores num belo jardim ele revela obliquamente sua ilícita paixão pela mocinha. O silêncio baixa novamente. Então "uma certa sra. Martin, que morava na pensão Chopping Knife perto de Ludgate", bisbilhoteia que a jovem Dama de Honra se disfarçou de homem, num capote grande e branco, e foi encontrar secretamente seu amante, Lorde Pembroke. O silêncio baixa novamente. Então ficamos sabendo que Mary pariu-lhe um bastardo, que ele se nega a reconhecer: E o pai a leva para casa. O silêncio cai novamente. É quebrado mais tarde quando outra intriga faz a mãe dela se lamentar: "Se a Deus tivesse aprazido quando lhe dei à luz que ela e eu tivéssemos sido enterradas, eu teria sido poupada de muita tristeza e dor e ela de... uma vergonha tal que nunca uma mulher de Cheshire... Não me escreva mais sobre ela". Mas sua paixão, sua desgraça, sua humilhação, tudo isso é representado num espetáculo mudo. É escondido seja pelo silêncio, seja pelos floreados e ornamentos que equivalem ao silêncio. Até mesmo um singelo proprietário de terras assim que tem uma pena na mão recorre à poesia. O sr. Beaumont, após tentar explicar "Minha compreensão desse triplo amor, de afeição, paixão e conjunção" recorre à poesia. Em seu auxílio, ele cita Spenser. São ainda os poetas que falam pelos fidalgos rurais. Eles não têm nenhuma linguagem que preste. Contudo por detrás desses floridos ornamentos os lobos da corte ficam à espreita feito aves de rapina. Bastardos vêm à luz. Reputações são arruinadas. Há algo de grosseiro por detrás das flores. Apenas as pessoas propriamente ditas passam sem serem vistas. Também elas, como os dramaturgos, se mantêm anônimas.

E a própria peça ainda era anônima. A ausência do nome de Marlowe, ou de Kyd, mostra o quanto a peça era amplamente um produto coletivo, escrita por uma única mão, mas tão modelada na adaptação que o autor não tinha nenhuma pretensão de propriedade sobre ela. Ela era, em parte, obra do público. E o público era grande. Mil e quinhentas pessoas, calcula o dr. Greg, era a frequência média. Dentre elas, a maior parte era de aprendizes, cidadãos, soldados, pessoas comuns em busca de alívio do enfado da tarde. A presença delas é mais do que óbvia nas primeiras peças. São elas que incitam a extravagância, a hipérbole, tal como uma folha de papel incita o fogo. Foram elas que possibilitaram que o dramaturgo fosse capaz de seus grandes avanços, das imensas audácias que estavam fora do alcance do escritor solitário, com sua mente fixada no leitor de salão. Se pudéssemos medir o efeito do público sobre a peça teríamos um domínio, que nos é negado, sobre a própria peça. Mas o público, levado como é por uma irresistível atração pela peça, permanece silencioso.

Esse silêncio é um dos profundos abismos que se põem entre nós e a peça. Eles chegam aglomerando-se diariamente no outro lado do rio; mas eles se sentam ali silenciosos. Eles não elogiam nem criticam. Podemos comparar esse silêncio com nosso próprio silêncio diante do balé russo ou do cinema em seus primeiros dias. Uma nova arte nos sobrevém tão surpreendentemente que nos sentamos silenciosos, tomando conhecimento antes de medi-la. Mas, enquanto nós temos uma régua à mão, o nosso passado e um prelo que imediatamente aplica um protótipo, os elisabetanos não tinham nenhuma literatura em seu passado com a qual pudessem comparar a peça, e nenhum prelo para dar-lhe voz. Para os elisabetanos, o poder expressivo das palavras, após sua longa insuficiência, deve ter sido esmagador. A surpresa deve tê-los deixado silenciosos. Lá no Globe ou no Rose, os homens e as mulheres cuja única leitura tinha sido a Bíblia ou alguma história antiga vinham à luz naquele momento. Eles viam a si próprios esplendidamente adornados. Eles ouviam a si próprios dizendo em voz alta o que nunca tinham dito até agora. Eles ouviam suas aspirações, suas irreverências, suas vulgaridades, faladas no lugar deles na poesia. E havia algo ilícito em seu prazer. O pregador e o magistrado estavam sempre condenando sua emoção. Isso também deve ter feito com que ela se tornasse mais intensa.

A peça, pois, deve sua hipérbole ao público acomodado nas cadeiras de um pêni. Sob seu comando, ela é violenta; ela é rude; ela é, como nossos contos policiais e best-sellers, uma paródia e uma transformação do fato real. Deve ter sido uma grande tentação, para o dramaturgo, alimentar o desejo do público nas cadeiras de um pêni. Mas nos assentos da parte coberta do teatro ficavam os nobres, os regentes, os cultos. Lorde Southampton e Lorde Rutland, escreveu Rowland White a Sir Robert Sidney, "passam o tempo em Londres simplesmente indo assistir as peças todos os dias". Contudo também eles se mantêm silenciosos. Um jovem poeta dedica seus sonetos ao sr. W. H. e nenhum deles se preocupa em perguntar: Quem é este mecenas? Essa não é uma questão de interesse nos círculos da corte. E essa falta de curiosidade é mais difícil de explicar. Pois eles eram leitores; tinham os gregos e os latinos nos fundos da mente. Como pode ter acontecido de eles não terem dito nada sobre essa espantosa e nova arte, de eles não terem expressado aquela sensação de afronta, de sectarismo que parece ser a reação comum da parte mais cultivada do público quando um novo escritor de gênio aparece?

Talvez Bacon em seus *Ensaios* forneça uma razão. "Essas coisas não passam de brinquedos", escreveu ele no ensaio intitulado "Sobre máscaras e triunfos". Para o estudioso aristocrático, os atores eram ainda apenas saltimbancos, adestradores de ursos e acrobatas. Eles falavam a língua vulgar. Fora do palco viviam no coração das trevas. Marlowe deitado no leito em Deptford esticou a mão e golpeou Ingram na cabeça; ao que Ingram feriu mortalmente Marlowe no olho direito. Ben Jonson transpassou o corpo de Gabriel Spenser com uma espada que custou três xelins e seis pênis. Kempe, um dos atores, foi até Norwich dançando. Se esse tivesse sido o comportamento de Tennyson e Browning, teria havido um abismo entre eles e a Corte. Se Tennyson tivesse transpassado o corpo de Browning, ou se Sir Henry Irving tivesse andado aos saltos em sapatilhas de dança, sem dúvida a sociedade vitoriana os teria mantido à distância. Tão absoluto era o desprezo de Bacon por esse submundo que ele podia ser tolerante. "O Palco deve mais ao Amor que a vida do Homem... os grandes espíritos e os grandes negócios se mantêm longe dessa débil paixão." O lugar apropriado para essa débil paixão era o palco, pois o amor "leva a falar através de uma hipérbole perpétua".

Os tópicos de discussão apropriados no mundo de cima não eram as peças do Bankside. Os títulos dos *Ensaios* enumeram os tópicos apropriados. "Sobre a Verdade. Sobre a Morte. Sobre a Unidade na religião. Sobre a Vingança. Sobre a Simulação e a Dissimulação." Esses eram os assuntos que os governantes discutiam na mesa de reunião; e a peça era uma diversão para relaxar a mente depois do trabalho sério. O sedimento dessas conversas se encontra nos ricos depósitos dos ensaios. Ele está preocupado com o grande mundo da ação; com o governo; com a tortuosa natureza dos Príncipes; com as artes pelas quais os Príncipes podem influenciar, podem persuadir, podem suprimir. Ele vive inteiramente no mundo dos grandes espíritos e do grande negócio. A gente comum é desprezível. "O mestre da superstição é o povo." O louvor, "se for da gente comum, é comumente falso e sem valor.

As virtudes mais baixas provocam o louvor deles; as virtudes médias suscitam-lhe a perplexidade; e a admiração; mas das virtudes mais altas eles não têm absolutamente nenhuma consciência ou percepção".

A alma que passeava entre os delicados pomares, de quando em quando formulando uma frase para ser anotada pelo jovem secretário Thomas Hobbes, mantinha-se numa trilha estreita entre as sebes. Enquanto Montaigne percorria o mundo, satisfazendo todas as curiosidades, misturando-se garrulamente com todos, Bacon mantinha-se no estreito caminho. Contudo até mesmo à sombra seu pensamento é encarnado. Suas profundas meditações adquirem forma concreta. "Não, os homens não conseguem se retirar quando deveriam: nem o farão quando for razoável; mas ficam incomodados com a reclusão na velhice e na enfermidade, que exigem o Retiro: Como os velhos Cidadãos que continuarão se sentando à porta que dá para a rua, embora, com isso, eles exponham a Velhice ao escárnio." Até mesmo à sombra verde o pensamento é colorido. "As Cores que aparecem melhor à luz das velas são: Branco, Encarnado e um tipo de Verde Água-Marinha." Basta um poeta para que esses pensamentos se tornem gente.

O desprezo de Bacon era pela hipérbole; não pela arte do discurso. Ele estava ensinando os atores empolados a falar lentamente, acuradamente, sutilmente. Ele estava provando que há outro tipo de poesia, a poesia da prosa. Ele estava trazendo a prosa da mente à existência. E, assim, ao ampliar o raio de ação do poeta, ao tornar possível que ele se expresse mais, ele estava dando um fim ao anonimato.

O anonimato era uma grande posse. Ele dava à escrita primitiva uma impessoalidade, uma generalidade.

Ele nos deu as baladas; nos deu as canções. Ele permitiu que não soubéssemos nada sobre o escritor: e, assim, que pudéssemos nos concentrar na sua canção. Anon tinha grandes privilégios. Ele não era responsável. Ele não era autoconsciente. Ele não é autoconsciente. Ele pode tomar emprestado. Ele pode repetir. Ele pode dizer o que todo mundo sente. Em sua obra ninguém tenta estampar o próprio nome, descobrir a própria experiência. Ele se mantém à distância do momento presente. Anon, o poeta lírico, repete uma e outra vez que as flores fenecem; que a morte é o fim. Ele nunca se cansa de celebrar as rosas rubras e os seios brancos. O dramaturgo anônimo tem, como o cantor, essa vitalidade inominável, algo extraído do público das cadeiras de um pêni e ainda não extinto em nós mesmos. Nós ainda podemos nos tornar anônimos e esquecer algo que aprendemos quando lemos as peças às quais ninguém se preocupou em dar um nome.

Mas em algum ponto, quando o anonimato se retira, dá-se uma ruptura. Será que isso se dá quando o dramaturgo, tendo absorvido a contribuição do público, pode devolver a eles sua própria vida comum, agora individualizada em personalidades únicas e separadas? Atinge-se um momento em que o público não é mais o senhor do dramaturgo. Contudo ele não é separado deles. Uma vida comum ainda os une; mas há momentos de separação. Ora, dizemos nós, ele está expressando nossos próprios pensamentos. Ora ele é o nosso próprio eu. Mas essa sensação de individualidade se manifesta espasmodicamente. A beleza que é tão surpreendentemente revelada é, com frequência, uma beleza suspensa, abandonada, irrelevante. Não há nenhuma sequência. Ela não conecta; as partes estão rompidas, e algo se dissipa.

Pois o dramaturgo anônimo é irresponsável. Ele despreza a verdade a mando do público. Ele se importa apenas com o enredo. Somos deixados no fim sem um fim. A emoção é desperdiçada.

Mas gradualmente o público é controlado pelo dramaturgo. A neblina se afasta. São muitos os teatrólogos que estão explorando túneis que levam finalmente a alguma descoberta comum. São muitas as pessoas isoladas que estão, com o peso de uma emoção inexprimível, fazendo pressão sobre a consciência do escritor. Os proprietários de terras estão aprendendo a falar o que sentem sem citar Spenser. A cortina sobe sobre uma peça atrás da outra. A cada vez ela sobe sobre um drama mais autônomo, mais maduro. O indivíduo em cima do palco torna-se cada vez mais diferenciado; e o grupo inteiro está mais estreitamente relacionado à trama e menos à sua mercê. A cortina sobe sobre Henry VI; e o Rei John; sobre Hamlet e Antônio e Cleópatra e sobre Macbeth. Finalmente, ela sobe sobre *A Tempestade*. Mas a peça superou o teatro descoberto onde o sol bate e a chuva cai. Aquele teatro deve ser substituído pelo teatro da mente. O dramaturgo é substituído pelo homem que escreve um livro. O público é substituído pelo leitor. Anon está morto.

O leitor

A casa grande que Latimer deplorava torna-se sólida e inteira nas páginas do diário de Lady Anne Clifford. Ela era, desde a infância, obstinada quanto aos seus direitos hereditários – o pai tinha o direito de carregar a espada do Rei "e assim ela passou diretamente para mim". Durante toda a sua infância ela lutou, contra os parentes, o marido e o próprio rei, pelo direito de herdar as terras de Westmoreland. "...Nunca renunciarei enquanto viver, sob nenhuma condição, às terras de Westmoreland", disse-lhe ela. Quando as terras e os cinco castelos se tornaram sua propriedade, ela imediatamente começou a reformá-los. Não apenas a terra era dela, mas também os botões de diamante, os rubis, o casaco de pele. Como que para solidificar seus bens, ela fez o inventário deles. O amor pela família é, em parte, o desejo de transmitir sua propriedade. Ela chama os netos para que eles possam experimentar o prazer da posse e reanimar, assim, sua própria satisfação. A consciência do corpo permeia suas páginas. Todos os movimentos se tornam espetaculares. Multidões estão a seu serviço. Seis cavalos baios puxam a carruagem. A carruagem está forrada de tecido verde e enfeitada com renda de seda verde e preta. Ela está o tempo todo afirmando sua identidade. Ela tem suas iniciais entalhadas até mesmo nas paredes da casa da fazenda. Esta é sua propriedade; esta terra é sua por direito. Algumas linhagens – a dos Stanleys, dos Russells, dos Cliffords, dos Herberts, e sobretudo dos Cliffords – viraram pedras preciosas que não deviam se misturar com vil metal. Quando Lorde Sheffield desposa Anne Erwin isso "foi tido como uma combinação muito imprópria e pouco prudente da parte dele". Ela acredita na imortalidade do corpo com a mesma firmeza com que acredita na imortalidade da alma.

Contudo há momentos em que até mesmo essa carapaça de posses se mostrava demasiadamente pesada para ela. "Se não tivesse o excelente livro de Chaucer aqui para me confortar, eu estaria num estado deplorável, tendo tantos transtornos quanto os que tenho aqui, mas quando o leio menosprezo a todos e não os levo a sério, e uma pequena parte de seu formoso espírito se infunde em mim." Ela acrescenta esse pós-escrito a uma carta a respeito de um pequeno armário e uma xícara que deixara com Lady Kent quando lhe tomou cem libras de empréstimo.

Mas é apenas quando lê que ela faz comentários. Quando vai ao teatro ela diz apenas "Ceei com meu Lorde e minha Lady Arundel e depois da ceia vi a peça *O amante Louco...*" ou "Ficamos para ver a mascarada no camarote com minha Lady Ruthven". Foi quando os teatros foram fechados que, supostamente, o leitor nasceu. A curiosa faculdade de tornar visíveis as casas e os lugares, assim como os homens e as mulheres e suas emoções, através de símbolos numa página impressa, manteve-se incipiente enquanto o teatro dominou. Os espectadores presentes no teatro tinham que inferir a peça com os olhos e os ouvidos. Sem um livro com as palavras eles não conseguiam aprofundar nem revisar a impressão deixada pela peça nem fazer as perguntas que são agora discutidas em qualquer jornal. A ausência de uma leitura generalizada explica a longa pausa entre a morte de Shakespeare e o século dezoito, quando as peças de Shakespeare se mantiveram suspensas, sem serem representadas – mesmo em 17... Morgann podia dizer que ainda não se dava a Shakespeare a metade de sua merecida fama. A falta de um público de leitores também explica a escassez de crítica e a natureza geral da crítica que havia. Tanto Sidney quanto Jonson escrevem para o escasso público crítico e tratam, assim, de questões gerais, e não de livros e pessoas específicos.

O leitor vem à luz, pois, em alguma altura do fim do século dezesseis, e sua história de vida, se pudéssemos descobri-la, valeria a pena ser escrita, pelo efeito que teve sobre a literatura. Em algum momento, seu ouvido deve ter perdido a acuidade; em outro, seu olho deve ter se embotado. Nossa própria tentativa quando lemos as primeiras peças elisabetanas para suprir as trombetas e as bandeiras, os cidadãos e os aprendizes, é um esforço para voltar a um estágio anterior. À medida que o tempo avança o leitor se torna distinto do espectador. Sua compreensão das palavras e de suas associações se desenvolve. Uma palavra grafada conforme a antiga ortografia produz associações. À medida que o hábito da leitura se torna universal, os leitores se separam em diferentes classes. Há o leitor especializado, que se liga a certos aspectos das palavras impressas. De novo, há a enorme classe das pessoas perfeitamente alfabetizadas que extraem anualmente muitos quilômetros de matéria impressa do papel

57

mas nunca leem uma palavra. Finalmente, há o leitor que, como Lady Anne Clifford, lê um excelente livro de Chaucer quando está em dificuldade, "e uma pequena parte de seu formoso espírito se infunde em mim". E a curiosa faculdade – o poder de tornar lugares e casas, homens e mulheres e seus pensamentos e emoções visíveis na página impressa – está sempre mudando. Agora o cinema está desenvolvendo os olhos do leitor; o rádio está desenvolvendo os ouvidos. Sua importância pode ser medida pelo fato de que, quando sua atenção, em tempos de crise pública, é desviada, o escritor exclama: não posso mais escrever.

Mas a presença do leitor era sentida até mesmo quando a peça ainda estava no palco. Foi para ele que Burton compôs aquela extraordinária composição, *A anatomia da melancolia*. É aí que o leitor faz sua primeira aparição, pois é aí que encontramos o escritor inteiramente consciente de sua relação com o leitor, e ele se revela. Sou solteiro. Não sou rico nem pobre. Sou um acrobata em cima dos livros de outros homens. Moro em dormitórios universitários. Sou um espectador, não um ator. Não há nenhum público de teatro que o obrigue a corporificar suas meditações. As vastas acumulações de saber que se infiltraram dos livros para o calmo dormitório universitário serpenteiam pela página. Ele vê através de mil tons de verde o que se põe logo à sua frente – o infeliz coração do homem. Os reflexos servem para enxadrezar o espetáculo imediato. Dos livros ele obtém a tolerante compreensão de que não somos personagens singulares mas inumeravelmente replicados. Em busca da melancolia ele viaja pelo mundo todo, embora nunca tenha deixado seu dormitório universitário. Estamos a uma certa distância da coisa que é tratada. Estamos desfrutando do espetáculo da melancolia, não partilhando sua angústia. É aqui que desenvolvemos as faculdades que a peça deixou adormecidas. Agora o leitor está em plena existência. Ele pode fazer uma pausa; pode ponderar; pode comparar; pode retirar-se da página e ver às suas costas um homem sentado sozinho no centro do labirinto das palavras, num dormitório universitário, pensando em suicídio. Ele pode satisfazer muitos e diferentes estados de ânimo. Ele pode, sem demora, ler o que está na página ou, pondo-se de lado, ler o que não está escrito. Há, no livro, uma prolongada continuidade que a peça não tem. Ele dá à mente um andamento distinto. Estamos num mundo em que nada está concluído.

II
Anon e o leitor comum

Anon era uma mulher

[Cap. 3 de *A Room of One's Own*]

Foi decepcionante não ter voltado, no fim da tarde, com alguma declaração importante, algum fato autêntico. As mulheres são mais pobres que os homens por causa... disso ou daquilo. Talvez agora fosse melhor deixar de sair em busca da verdade e receber na cabeça uma avalanche de opiniões quente como lava, descorada como água da louça. Seria melhor baixar as cortinas; evitar as distrações; acender a luz; restringir a pesquisa e pedir ao historiador, empenhado em registrar não opiniões mas fatos, que descreva sob quais condições viviam as mulheres, não ao longo das eras, mas na Inglaterra, digamos, da época de Elizabeth.

Pois é um eterno enigma o fato de que nenhuma mulher tenha escrito uma palavra sequer dessa extraordinária literatura quando, aparentemente, de cada dois homens um tenha sido capaz de um soneto ou canção. Sob quais condições as mulheres viviam, perguntei-me; pois a ficção, como obra imaginativa que é, não cai no chão como uma pedrinha, como pode acontecer com a ciência; a ficção é como uma teia de aranha, sempre muito levemente ligada talvez, mas ainda assim ligada à vida por todos os quatro cantos. Muitas vezes a ligação é mal e mal perceptível; as peças de Shakespeare, por exemplo, parecem ficar ali dependuradas por sua própria e exclusiva conta. Mas quando a teia é puxada de lado, juntada na borda, rasgada no meio, nos lembramos que essas teias não são fiadas em pleno ar por criaturas incorpóreas, mas são o produto do trabalho de sofredores seres humanos, e estão ligadas a coisas obviamente materiais, como a saúde e o dinheiro e as casas em que moramos.

Fui, pois, até a prateleira em que ficam os livros de história e peguei um dos mais recentes, *A história da Inglaterra*, do Professor Trevelyan. Uma vez mais, busquei por "Mulheres" no índice, encontrei "sua posição" e passei às páginas indicadas. "Bater na esposa", li, "era um direito reconhecido do homem, e era praticado sem pudor tanto pelos de cima quanto pelos de baixo..." "Da mesma forma", continua o historiador, "a filha que se recusasse a casar com o cavalheiro de escolha dos pais estava sujeita a ser trancada, espancada e arrastada pelo quarto, sem que a opinião pública se mostrasse minimamente chocada. O casamento não era matéria de afeição pessoal, mas de avareza familiar, em especial nas 'nobres' classes altas... Com frequência, o noivado se dava quando uma das partes ou ambas ainda estavam no berço, e o casamento, quando mal tinham saído dos cuidados da ama-seca." Isso se passava por volta do ano 1470, logo depois da época de Chaucer. A próxima referência à situação das mulheres é encontrada mais ou menos após duzentos anos, na época dos Stuarts. "Era ainda uma exceção que as mulheres das classes média e alta escolhessem o marido, e, assim que o marido fosse designado, ele se tornava amo e senhor, na medida, ao menos, em que a lei e o costume lhe davam esse título. Contudo, apesar disso", conclui o Professor Trevelyan, "nem as mulheres de Shakespeare nem as de memórias autênticas do século dezessete, como as dos Verneys e as dos Hutchinsons, parecem insatisfatórias em termos de personalidade e caráter." Certamente, se refletimos sobre isso, Cleópatra devia saber como lidar com a situação; Lady Macbeth, é de se supor, tinha vontade própria; Rosalinda, pode-se concluir, era uma moça atraente. O Professor Trevelyan não está falando mais que a verdade quando observa que às mulheres de Shakespeare não faltavam personalidade e caráter. Como não somos especialistas em história, poderíamos ir além e dizer que as mulheres têm brilhado como faróis em todas as obras de todos os poetas desde o começo dos tempos – Clitemnestra, Antígona, Cleópatra, Lady Macbeth, Fedra, Créssida, Rosalinda, Desdêmona, a Duquesa de Malfi, entre os dramaturgos; em seguida, entre os prosadores: Millamant, Clarissa, Becky Sharp, Anna Karenina, Emma Bovary, Madame de Guermantes – os nomes acorrem à mente em revoada, e eles realmente não evocam mulheres que "carecem de personalidade e caráter". De fato, se a mulher não tivesse nenhuma existência a não ser na ficção escrita por homens, poder-se-ia imaginá-la como uma pessoa da mais alta importância; deveras diversificada; heroica e vil; esplêndida e sórdida; infinitamente bela e medonha ao extremo; tão grande quanto um homem, alguns pensam que ainda maior.[1] Mas esta é a mulher da ficção. Na vida real, como destaca o Professor Trevelyan, ela era trancafiada, espancada e jogada de lá para cá.

Surge, assim, um ser muito estranho, complexo. Sob o aspecto imaginativo, ela é da máxima importância; sob o aspecto prático, ela é de todo insignificante. Ela permeia a poesia de uma ponta a outra; ela está praticamente ausente da história. Na ficção, ela domina a vida de reis e conquistadores; na realidade, ela era escrava de qualquer rapaz cujos pais lhe enfiassem um anel no dedo. Algumas das palavras mais inspiradas, alguns dos pensamentos mais profundos da literatura saem de seus lábios; na vida real, ela mal sabia ler, raramente sabia escrever e era propriedade do marido.

Era certamente um estranho monstro que podíamos compor ao lermos, primeiro, os historiadores e, depois, os poetas – um verme com asas feito uma águia; o espírito da vida e da beleza numa cozinha picando sebo. Mas esses monstros, por mais divertidos que sejam para a imaginação, não existem de fato. O que deveríamos fazer, para trazê-la à vida, é pensar poética e prosaicamente a um só e mesmo tempo, mantendo, assim, uma ligação com os fatos – de que ela é a sra. Martin, trinta e seis anos de idade, vestida de azul, com chapéu preto e sapatos marrons; mas sem perder de vista a ficção – de que ela é um receptáculo no qual todos os tipos de espíritos e forças estão perpetuamente circulando e cintilando. No momento, entretanto, em que tentamos experimentar esse método com a mulher elisabetana, um dos ramos do esclarecimento falha; a escassez de fatos nos detém. Não sabemos nada em detalhe, nada perfeitamente verdadeiro e substancial a seu respeito. A história mal e mal a menciona. E recorri mais uma vez ao Professor Trevelyan para verificar o que a história significava para ele. Descobri, ao ver os títulos de seus capítulos, que ela significava:

"A Corte Senhorial e os Métodos da Agricultura Comunal... Os Cistercienses e a Ovinocultura... As Cruzadas... A Universidade... A Câmara dos Comuns...

A Guerra dos Cem Anos... As Guerras das Rosas... Os Humanistas do Renascimento... A Dissolução dos Mosteiros... O Conflito Agrário e Religioso... A Origem da Potência Naval da Inglaterra... A Armada...", e assim por diante. Ocasionalmente, uma mulher específica é mencionada, uma Elizabeth ou uma Mary; uma rainha ou uma grande dama. Mas por nenhum meio viável podiam as mulheres da classe média, com nada mais que cérebro e caráter à sua disposição, ter participado de qualquer dos grandes movimentos que, reunidos, constituem a visão de passado do historiador. Tampouco a encontramos em qualquer coletânea de anedotas. Aubrey dificilmente a menciona. Ela nunca escreve sobre sua própria vida e raramente mantém um diário; de suas cartas não subsiste mais que um punhado. Ela não deixou peças nem poemas pelos quais possamos julgá-la. O que precisamos, pensei eu − e por qual razão alguma brilhante aluna de Newnham ou Girton não o fornece? − é de uma grande quantidade de informações; com que idade ela se casou; em regra, quantos filhos tinha ela; como era sua casa; tinha um espaço para si; era ela que cozinhava; é provável que tivesse uma criada? Todos esses fatos encontram-se supostamente em algum lugar, nos registros paroquiais e nos livros contábeis; a vida da mulher elisabetana média deve estar espalhada por aí, poder-se-ia reuni-la e fazer um livro com isso. Seria de uma ambição que vai além da minha ousadia, pensei, buscando nas prateleiras livros que não estavam ali, sugerir às alunas daquelas famosas faculdades que elas deveriam reescrever a história, embora eu reconheça que muitas vezes ela pareça um tanto estranha, de qualquer forma, irreal, desequilibrada; mas por que não deveriam elas acrescentar um suplemento à história, dando-lhe, é claro, algum nome discreto de modo que as mulheres possam figurar aí sem que haja falta ao decoro? Pois com frequência temos um vislumbre delas nas biografias dos grandes, escapulindo em segundo plano, dissimulando, às vezes penso eu, uma piscadela, uma risada, talvez uma lágrima. E, afinal, temos biografias suficientes de Jane Austen; não parece nada necessário reconsiderar a influência das tragédias de Joanna Baillie sobre a poesia de Edgar Allan Poe; quanto a mim, não me importaria se as casas e os lugares favoritos de Mary Russell Mitford ficassem fechados ao público por pelo menos um século. Mas o que acho deplorável, continuei, passando novamente os olhos pelas prateleiras, é que nada se sabe sobre as mulheres antes do século dezoito. Não tenho nenhum modelo na mente que me permita voltar para este lado e para o outro. Eis-me aqui me perguntando por que as mulheres não escreveram poesia na era elisabetana, e não tenho certeza sobre a forma como elas eram educadas; se eram ensinadas a escrever; se tinham uma sala de estar a seu dispor; quantas mulheres tiveram filhos antes dos vinte e um anos; o que, em suma, faziam elas das oito da manhã às oito da noite. Elas não tinham dinheiro, obviamente; de acordo com o Professor Trevelyan elas se casavam, quisessem ou não, antes de deixar o quarto das crianças, aos quinze ou dezesseis anos, provavelmente. Teria sido muitíssimo estranho, mesmo depois dessa exposição, se uma delas subitamente tivesse escrito as peças de Shakespeare, concluí eu, e pensei naquele velho senhor, agora morto, mas era bispo, creio, que declarou que era impossível que qualquer mulher, do passado, do presente ou do tempo por vir, pudesse ter o gênio de Shakespeare. Ele escreveu aos jornais a esse respeito. Ele também disse a uma senhora, que recorreu a ele em busca de informação, que os gatos, na verdade, não vão para o céu, embora eles tenham, acrescentou ele, uma espécie de alma. Quanto raciocínio esses velhos senhores usavam para nos salvar! Como as fronteiras da ignorância se encolhiam à sua aproximação! Gatos não vão para o céu. Mulheres não conseguem escrever as peças de Shakespeare.

Seja como for, não pude deixar de pensar, enquanto observava as obras de Shakespeare na prateleira, que o bispo estava certo, ao menos quanto a isto: teria sido impossível, plena e inteiramente, para qualquer mulher, ter escrito as peças de Shakespeare na época de Shakespeare. Permitam-me imaginar, uma vez que é tão difícil obter os fatos, o que teria acontecido se Shakespeare tivesse uma irmã magnificamente dotada cujo nome fosse, digamos, Judith. O próprio Shakespeare frequentou, muito provavelmente — sua mãe era uma herdeira — o ginásio, onde deve ter aprendido o Latim — Ovídio, Virgílio e Horácio — e os rudimentos de gramática e lógica. Ele era, como se sabe, um garoto travesso que caçava coelhos, que talvez matasse a tiros um ou outro veado, e teve, um tanto mais cedo do que deveria, de se casar com uma mulher da vizinhança, que lhe deu uma criança bem mais rápido do que era correto. Essa escapada fez com que ele fosse buscar fortuna em Londres. Ele tinha, ao que parecia, gosto pelo teatro; começou tomando conta dos cavalos à entrada dos atores. Logo conseguiu trabalho no teatro, tornou-se um ator de sucesso e vivia no centro do universo, encontrando todo mundo, conhecendo todo mundo, praticando sua arte nos palcos, exercitando seu talento nas ruas e até mesmo tendo acesso ao palácio da rainha. Enquanto isso sua extraordinariamente bem-dotada irmã, é de se supor, permanecia em casa. Ela era tão ousada, tão imaginativa, tão ansiosa por ver o mundo quanto ele. Mas ela não foi mandada à escola. Ela não teve nenhuma oportunidade de aprender gramática e lógica, para não falar de poder ler Horácio e Virgílio. De vez em quando pegava um livro, talvez pertencente ao irmão, e lia umas poucas páginas. Mas então os pais entravam e diziam-lhe que fosse remendar as meias ou cuidar do guisado em vez de ficar entretida com livros e papéis. Eles teriam falado drástica mas amavelmente, pois eram pessoas abastadas que conheciam as condições de vida apropriadas para uma mulher e amavam a filha – na verdade, é mais do que provável que ela fosse a menina dos olhos do pai. Talvez ela tenha rabiscado algumas páginas às escondidas na despensa das maçãs, mas tinha o cuidado de escondê-las ou queimá-las. Logo, entretanto, antes de completar seus treze anos, ela foi prometida em matrimônio para o filho de um negociante de lã da vizinhança. Ela disse aos gritos que o casamento lhe era odioso, e por isso foi severamente espancada pelo pai. Então ele parou de repreendê-la. Ele rogou-lhe, em vez disso, que não o magoasse, que não o envergonhasse nessa questão do casamento. Ele lhe daria um colar de contas ou uma bela anágua, disse ele; e havia lágrimas em seus olhos. Como podia ela desobedecê-lo? Como podia ela partir-lhe o coração? A força de seu próprio talento, sozinha, levou-a a isso. Ela fez um pequeno pacote com seus pertences, desceu por uma corda numa noite de verão e tomou a estrada para Londres. Ainda não tinha dezessete anos. Os pássaros que cantavam na sebe não eram mais musicais que ela. Ela tinha a mais ágil das imaginações, um dom tal qual o do irmão, para a sonoridade das palavras. Tal como ele, tinha um gosto pelo teatro. Ela se postava à entrada dos atores; ela queria representar, dizia. Os homens riram-lhe na cara. O diretor – um homem gordo, tagarela – irrompeu em gargalhadas. Ele berrou algo a respeito de poodles que dançam e mulheres que representam – nenhuma mulher, disse ele, podia, em qualquer hipótese, ser atriz. Ele insinuou... podem imaginar o quê. Ela não podia ter nenhum treino em sua arte. Podia ela, ao menos, pedir seu almoço numa taverna ou perambular pelas ruas à meia noite? Contudo seu talento era para a ficção, e ela desejava ardentemente se alimentar em abundância das vidas dos homens e das mulheres e do estudo de seus modos de vida. Por fim – pois ela era muito jovem, curiosamente parecida com Shakespeare, o poeta, na fisionomia, com os mesmos olhos cinzentos e as sobrancelhas arredondadas – por fim, Nick Greene, o ator-gerente se compadeceu dela; ela se viu com uma criança por obra desse cavalheiro – quem medirá o ardor e a violência do coração do poeta quando capturado e enredado num corpo de mulher? – ela se matou numa noite de inverno e jaz enterrada em alguma encruzilhada em que agora os ônibus param ao longo do bairro Elephant and Castle.

É assim, mais ou menos, que a história se passaria, penso eu, se uma mulher da época de Shakespeare tivesse o gênio de Shakespeare. Mas, de minha parte, concordo com o falecido bispo, se é isso que ele era – é impensável que qualquer mulher da época de Shakespeare tivesse o gênio de Shakespeare. Pois um gênio como o de Shakespeare não nasce no meio de pessoas trabalhadoras, incultas, humildes. Não nasceu na Inglaterra entre os saxões e os bretões. Não nasce, nos dias de hoje, no meio da classe operária. Como, então, poderia ter nascido no meio de mulheres cuja vida de trabalho começava, de acordo com o Professor Trevelyan, quase antes de saírem do quarto das crianças, que eram forçadas a isso pelos pais e mantidas nisso por todo o poder da lei e dos costumes? Contudo um certo tipo de gênio deve ter existido entre as mulheres tal como deve ter existido entre a classe operária. De vez em quando surge uma Emily Brontë ou um Robert Burns e o gênio mostra sua presença. Mas certamente ele nunca se introduziu no papel. Quando, entretanto, lemos sobre uma bruxa sendo afogada, sobre uma mulher possuída por demônios, sobre uma feiticeira vendendo ervas, ou até mesmo sobre um homem muito notável que tinha mãe, então, penso que estamos nos rastros de uma romancista perdida, de uma poeta reprimida, de alguma muda e inglória Jane Austen, de alguma Emily Brontë que deu um tiro nos miolos no charco ou vagueava atordoada na beira das estradas enlouquecida com a tortura que seu dom lhe impusera. Na verdade, eu arriscaria conjecturar que Anon, que escreveu tantos poemas sem assiná-los, era, muitas vezes, uma mulher. Foi uma mulher, sugeriu Edward Fitzgerald, creio eu, quem criou as baladas e as canções folclóricas, sussurrando-as para os filhos e com elas espairecendo do trabalho de fiação ou da longa noite de inverno.

Isso pode ser verdadeiro ou pode ser falso — quem pode dizer? — mas o que é verdadeiro, assim me pareceu, revendo a história da irmã de Shakespeare tal como a inventei, é que qualquer mulher nascida no século dezesseis com um grande dom certamente teria enlouquecido, teria se matado com um tiro ou terminado seus dias em alguma cabana solitária longe da aldeia, metade bruxa, metade feiticeira, temida e objeto de escárnio. Pois não é preciso ter um grande conhecimento de psicologia para ter certeza de que uma moça superdotada que tentasse usar seu dom para a poesia teria sido tão contrariada e impedida pelos outros, tão torturada e dilacerada por seus próprios e contrários instintos, que certamente teria perdido a saúde e a razão. Nenhuma moça poderia ter caminhado até Londres e se postado à entrada dos atores e aberto caminho até chegar à frente dos atores-gerentes sem infligir a si mesma qualquer violência e padecer de uma angústia que poderia ter sido irracional – pois a castidade pode ser um fetiche inventado por certas sociedades por razões desconhecidas – mas que era, contudo, inevitável. A castidade tinha, então, e ainda tem, mesmo agora, importância religiosa na vida de uma mulher, e ela tem se enleado de tal forma com nervos e instintos que para soltá-la e trazê-la à luz do dia exige uma coragem das mais raras. Ter vivido uma vida livre em Londres no século dezesseis teria significado, para uma mulher que fosse poeta e dramaturga, uma crise nervosa e um dilema que poderiam certamente tê-la matado. Tivesse ela sobrevivido, não importa o que tivesse escrito teria sido distorcido e deformado, algo saído de uma imaginação mórbida e tensionada. E, sem dúvida, pensei, olhando para a prateleira em que não há nenhuma peça escrita por mulher, sua obra teria ficado sem assinatura. Esse refúgio ela certamente teria buscado. Era o resquício da noção de castidade que ditava o anonimato das mulheres mesmo já no final do século dezenove. Currer Bell, George Eliot, George Sand, vítimas, todas elas, do conflito interior, como provam seus escritos, buscaram inutilmente se esconder sob o véu de um nome masculino. Prestavam, assim, homenagem à convenção que, se não fora implantada pelo outro sexo, era generosamente encorajada por ele (a maior glória de uma mulher não é ser comentada, disse Péricles, ele próprio um homem muito comentado), de que a publicidade é, nas mulheres, detestável. O anonimato corre em suas veias. O desejo de se manterem veladas ainda as domina. Elas não estão, nem mesmo agora, tão preocupadas com o estado de sua fama como estão os homens e, falando de modo geral, passarão por uma lápide ou uma placa de sinalização sem sentir um irresistível desejo de talhar aí seu nome, como precisam fazer Alf, Bert ou Chas, em obediência a seu instinto, que murmura ao ver passar uma bela mulher ou até mesmo um cão: *Ce chien est à moi*. E, claro, pode não ser um cão, pensei, relembrando a Parliament Square, a Sieges Allee e outras avenidas; pode ser um terreno ou um homem com cabelos pretos e crespos. Uma das grandes vantagens de ser mulher é a de poder passar até mesmo por uma elegantíssima mulher negra sem querer fazer dela uma mulher inglesa.

Aquela mulher, então, que nascera com o dom da poesia no século dezesseis, era uma mulher infeliz, uma mulher em conflito consigo mesma. Todas as condições de sua vida, todos os seus instintos, eram hostis ao estado mental que é preciso para liberar o que quer que esteja em seu cérebro. Mas, perguntei, qual é o estado mental que é mais propício ao ato da criação? Podemos nós chegar a alguma noção do estado que fomenta e torna possível essa estranha atividade? Aqui abri o volume que contém as tragédias de Shakespeare. Qual era, por exemplo, o estado de espírito de Shakespeare, quando escreveu *Lear* e *Antônio e Cleópatra*? Certamente era o estado de espírito mais favorável à poesia que algum dia existiu. Mas o próprio Shakespeare nada disse sobre isso. Apenas sabemos, por mero acaso, que ele "nunca rasurou uma linha". Nada, de fato, jamais fora dito pelo próprio artista sobre seu estado de espírito até o século dezoito, talvez. Foi Rousseau talvez quem inaugurou isso. De qualquer modo, por volta do século dezenove a autoconsciência se desenvolvera tanto que era hábito dos homens de letras descreverem o que se passava em sua mente em confissões e autobiografias. Sua vida também era registrada por escrito, e suas cartas ganhavam letra de imprensa após sua morte. Assim, embora não saibamos o que se passou com Shakespeare quando escreveu *Lear*, nós sabemos o que se passava com Carlyle enquanto escrevia *A Revolução Francesa*, o que se passava com Flaubert enquanto escrevia *Madame Bovary*; o que se passava com Keats enquanto tentava escrever poesia diante da chegada da morte e da indiferença do mundo.

E deduzimos dessa imensa literatura moderna de confissão e autoanálise que escrever uma obra de gênio é quase sempre uma proeza de imensa dificuldade. Tudo vai contra a probabilidade de que ela sairá, inteira e completa, da mente do escritor. Em geral, as circunstâncias materiais lhe são hostis. Os cães latem; as pessoas atrapalham; é preciso fazer dinheiro; a saúde vem abaixo. Além disso, acentuando todas essas dificuldades e tornando mais penoso suportá-las, há a evidente indiferença do mundo. Ele não pede às pessoas que escrevam poemas e romances e contos; ele não tem necessidade deles. Ele pouco se importa se Flaubert encontra a palavra certa ou se Carlyle escrupulosamente checa este ou aquele fato. Naturalmente, ele não pagará por aquilo de que ele não precisa. Assim, o escritor, Keats, Flaubert, Carlyle, padece, sobretudo nos anos criativos da juventude, de todo tipo de perturbação e desestímulo. Ergue-se, desses livros de análise e confissão, uma praga, um grito de agonia. "Potentes poetas em sua miséria mortos" – esse é o bordão de seu canto. Se, a despeito de tudo isso, alguma coisa emerge, trata-se de um milagre, e provavelmente nenhum livro vem à luz inteiro e impecável tal como foi concebido.

Mas para as mulheres, pensei, olhando para as prateleiras vazias, essas dificuldades eram infinitamente mais pavorosas. Em primeiro lugar, ter um espaço só seu, sem falar num espaço silencioso ou à prova de som, estava fora de questão, a menos que seus pais fossem excepcionalmente ricos ou muito nobres, inclusive até o começo do século dezenove. Como suas moedinhas, que dependiam da boa vontade do pai, davam apenas para mantê-la vestida, ela estava excluída de lenitivos que vinham, até mesmo a Keats ou Tennyson ou Carlyle, todos eles homens pobres, de um passeio a pé, uma breve excursão à França, do alojamento separado que, por miserável que fosse, protegia-os das reclamações e tiranias de suas famílias. Essas dificuldades materiais eram terríveis; mas muito piores eram as imateriais. A indiferença do mundo que Keats e Flaubert e outros homens de gênio achavam tão difícil de suportar não era, no caso dela, indiferença mas hostilidade. O mundo não disse a ela como disse a eles: Escreva se esta é sua escolha; para mim não faz nenhuma diferença. O mundo disse com uma gargalhada: Escrever? De que serve a sua escrita? Aqui as psicólogas de Newnham e Girton podem nos socorrer, pensei, olhando novamente os espaços vazios nas prateleiras. Pois certamente está na hora de medir o efeito do desestímulo sobre a mente da artista, tal como vi uma fábrica de laticínios medir o efeito do leite comum e do leite tipo A sobre o corpo dos ratos. Eles puseram dois ratos, lado a lado, cada um em sua gaiola: um deles era furtivo, tímido e pequeno, e o outro, lustroso, forte e grande. Ora bem, com que alimentamos as mulheres em sua capacidade de artista?, perguntei, lembrando-me, suponho, das ameixas e do pudim daquele fim de jantar. Para responder essa pergunta bastou-me abrir o jornal da tarde e ler que Lorde Birkenhead é da opinião de que... mas realmente não vou me dar ao trabalho de reproduzir a opinião de Lorde Birkenhead sobre a escrita das mulheres. O que o Deão Inge diz vou deixar de lado. Ao especialista da Harley Street pode-se permitir que provoque os ecos da Harley Street com suas vociferações sem que um único fio de cabelo da minha cabeça se arrepie. Citarei, entretanto, o sr. Oscar Browning, porque o sr. Oscar Browning foi outrora uma grande figura em Cambridge, e examinava as alunas de Girton e Newnham. O sr. Oscar Browning costumava declarar "que a impressão deixada em sua mente, depois de passar os olhos por qualquer conjunto de provas, era que, não importando as notas que pudesse dar, a melhor mulher era intelectualmente inferior ao pior homem". Depois de dizer isso, o sr. Browning voltou a seus aposentos − e é o que se segue que o torna estimado e faz dele uma figura humana de alguma estatura e majestade − ele voltou a seus aposentos e encontrou um cavalariço deitado no sofá − "um mero esqueleto, as faces eram cavernosas e pálidas, os dentes eram pretos, e ele parecia não ter o pleno controle de seus membros... 'É o Arthur' [disse o sr. Browning]. 'Ele é realmente um bom rapaz e altruísta'". As duas imagens sempre me parecem se completar mutuamente. E, felizmente, nesta era da biografia, as duas imagens com frequência se completam mutuamente, de modo que podemos interpretar as opiniões dos grandes homens não apenas pelo que dizem, mas pelo que fazem.

Mas embora isso agora seja possível, opiniões como essas, vindas dos lábios de pessoas importantes, devem ter sido impressionantes mesmo cinquenta anos atrás. Suponhamos que um pai, com base nos mais elevados motivos, não quisesse que a filha deixasse a casa e se tornasse escritora, pintora ou intelectual. "Veja o que diz o sr. Oscar Browning", diria ele; e não era apenas o sr. Oscar Browning; havia o *Saturday Review*; havia o sr. Greg – os "elementos essenciais da constituição de uma mulher", disse o sr. Greg enfaticamente, "são os fatos de que *elas são sustentadas pelos homens e a eles devem servir*" – havia um volume enorme de opiniões masculinas que expressavam, em suma, a ideia de que nada, intelectualmente, se podia esperar das mulheres. Ainda que o pai não lesse em voz alta essas opiniões, qualquer moça podia lê-las sozinha; e essa leitura, até mesmo no século dezenove, deve ter diminuído sua vitalidade e tido um efeito profundo sobre seu trabalho. Sempre haveria essa asserção – você não pode fazer isso, você é incapaz de fazer aquilo – a ser contestada, vencida. Provavelmente, no caso de uma romancista, esse germe já não tem tanto efeito; pois tem havido romancistas mulheres de grande mérito. Mas, no caso das pintoras, ainda deve haver algum vigor nele; e no caso das musicistas, imagino, ele está ainda agora ativo e é extremamente venenoso. A mulher que é compositora está na situação em que estava a atriz no tempo de Shakespeare. Nick Greene, pensei eu, recordando a história que inventei sobre a irmã de Shakespeare, disse que uma mulher representando algum papel lembrava-lhe um cão dançando. Johnson repetiu a frase duzentos anos mais tarde a respeito de mulheres pregando. E aqui, disse eu, abrindo um livro sobre música, temos precisamente as mesmas palavras usadas novamente neste ano da graça de 1928 a respeito das mulheres que tentam compor música. "Sobre a srta. Germaine Tailleferre só nos resta repetir o dito do dr. Johnson a respeito de uma pregadora, transposta em termos de música: 'Senhor, uma mulher que compõe é como um cão que se põe a andar equilibrando-se nas patas traseiras. Não é bem feito, mas nos surpreendemos só pelo fato de que consiga fazê-lo'."[2] Assim, acuradamente, a história se repete.

Então, concluí, fechando a biografia do sr. Oscar Browning e pondo o resto de lado, é mais do que evidente que nem mesmo no século dezenove a mulher era incentivada a ser artista. Pelo contrário, era desprezada, advertida, castigada e esbofeteada. Sua mente deve ter sido extenuada e sua vitalidade, diminuída pela necessidade de se opor a isso, de refutar aquilo. Pois aqui ficamos, de novo, dentro do raio de ação daquele interessantíssimo e obscuro complexo masculino que tem tido tanta influência sobre o movimento das mulheres; daquele arraigado desejo, não tanto de que *ela* seja inferior mas de que *ele* seja superior, o que o assenta onde quer que se olhe, não apenas à frente das artes, mas também impedindo a via para a política, até mesmo quando o risco para si próprio parece infinitesimal e a suplicante, humilde e devotada. Até mesmo Lady Bessborough, lembrei-me, com toda sua paixão pela política, teve de se curvar humildemente e escrever a Lorde Granville Leveson-Gower: "...não obstante toda a minha veemência em política e ter falado tanto sobre esse tema, concordo plenamente com você que nenhuma mulher tem qualquer direito a se imiscuir neste ou em qualquer outro assunto sério, além de dar sua opinião (se for solicitada)". E assim ela vai adiante, para empregar seu entusiasmo onde não encontre nenhum obstáculo de qualquer tipo, naquele tema imensamente importante, no discurso inaugural de Lorde Granville na Casa dos Comuns. É certamente um espetáculo estranho, pensei eu. A história da oposição dos homens à emancipação das mulheres é talvez mais interessante do que a história da emancipação em si. Poder-se-ia fazer um divertido livro sobre isso se alguma jovem estudante de Girton ou Newnham juntasse exemplos e deduzisse uma teoria – mas ela precisaria usar luvas grossas nas mãos além de barras de ouro maciço para protegê-la.

Mas o que é agora divertido, lembrei-me, fechando o livro de Lady Bessborough, teve, outrora, que ser levado desesperadamente a sério. Opiniões que agora colamos num caderno a que damos o nome de "Cocoricó" e guardamos para ler para públicos seletos em noites de verão, outrora provocavam lágrimas, posso assegurar-lhes. Entre as avós e bisavós de vocês havia muitas que choravam a cântaros. Florence Nightingale berrava em sua agonia.[3] Além disso, é fácil para vocês, que ingressaram na faculdade e desfrutam de uma sala de estar – ou é apenas uma sala de estar que serve também de dormitório? – só sua, dizer que o gênio deve desconsiderar essas opiniões; que o gênio não deve se preocupar com o que é dito sobre ele. Por desgraça, são precisamente os homens ou as mulheres de gênio que mais se preocupam com o que dizem a seu respeito. Lembrem-se de Keats. Lembrem-se das palavras que ele queria talhadas em sua lápide. Pensem em Tennyson; pensem – mas dificilmente preciso multiplicar exemplos do inegável, ainda que infelicíssimo fato, de que é da natureza do artista se preocupar demasiadamente com o que dizem sobre ele. A literatura está juncada dos destroços de homens que se preocuparam irracionalmente com as opiniões dos outros. E essa susceptibilidade deles é duplamente lamentável, pensei, de novo voltando à minha investigação original sobre qual estado da mente seria mais propício para o trabalho criativo, porque a mente de um artista, para levar a termo o prodigioso esforço de liberar, inteira e completa, a obra que está dentro dele, deve ser incandescente, como a mente de Shakespeare, supus, olhando para o livro que estava aberto na página de *Antônio e Cleópatra*. Não deve haver nela nenhum obstáculo, nenhuma matéria estranha que não seja consumida.

Pois embora digamos que não sabemos nada sobre o estado da mente de Shakespeare, mesmo ao dizê-lo, estamos dizendo algo sobre o estado da mente de Shakespeare. Talvez a razão pela qual sabemos tão pouco sobre Shakespeare – em comparação com Donne ou Ben Jonson ou Milton – é que seus ressentimentos e rancores e antipatias nos são ocultados. Não somos obstruídos por alguma "revelação" que nos faça lembrar do escritor. Todo desejo de protestar, de pregar, de proclamar uma injúria, de desforrar-se de uma ofensa, de fazer do mundo a testemunha de algum infortúnio ou queixa, tudo isso foi expelido e descartado. Portanto sua poesia flui dele livre e desimpedida. Se alguma vez um ser humano teve seu trabalho inteiramente externado foi Shakespeare. Se alguma vez uma mente foi incandescente, desimpedida, pensei, voltando para a estante, foi a mente de Shakespeare.

Notas da autora

[1] "Resta um estranho e quase inexplicável fato de que na cidade de Atenas, onde as mulheres eram mantidas, numa repressão quase oriental, como odaliscas ou escravas, o palco, mesmo assim, tenha produzido figuras como Clitemnestra e Cassandra, Atossa e Antígona, Fedra e Medeia, e todas as outras heroínas que dominam uma peça atrás da outra do 'misógino' Eurípedes. Mas o paradoxo deste mundo em que, na vida real, uma mulher mal podia mostrar o rosto sozinha na rua, embora no palco a mulher iguale ou supere o homem, nunca foi satisfatoriamente explicado. Há, na tragédia moderna, o mesmo predomínio. De todo modo, um exame muito superficial da obra de Shakespeare (igualmente, com Webster, embora não com Marlowe ou Jonson) é suficiente para revelar como esse domínio, essa iniciativa das mulheres, persiste desde Rosalinda até Lady Macbeth. Da mesma forma com Racine; seis de suas tragédias trazem o nome de suas heroínas; e qual de seus personagens masculinos contraporíamos a Hermione e Andrômaca, Berenice e Roxane, Fedra e Athalie? E, de novo, com Ibsen; quais homens igualaríamos a Solveig e Nora, Heda e Hilda Wangel e Rebecca West?" – F. L. Lucas, *Tragedy*, p. 114-115.

[2] Cecil Gray, *A Survey of Contemporary Music*, p. 246.

[3] V. Florence Nightingale, *Cassandra*. In: R. Strachey, *The Cause*.

O leitor comum

Há uma frase em *A vida de Gray*, do dr. Johnson, que poderia perfeitamente ser exposta em todos aqueles espaços, modestos demais para serem chamados de bibliotecas, mas repletos de livros, em que a busca da leitura é empreendida por pessoas simples. "Regozijo-me em concordar com o leitor comum; pois, por meio do senso comum dos leitores, não corrompido por preconceitos literários, a despeito de todos os refinamentos da sutileza e do dogmatismo do saber, devem ser finalmente julgadas todas as reivindicações às honrarias poéticas." A frase define as características desse leitor; ela dignifica os seus objetivos; ela confere, a uma busca que consome grande parte do tempo e contudo tende a deixar atrás de si nada muito substancial, a sanção do beneplácito do grande homem.

O leitor comum, tal como sugere o dr. Johnson, difere do crítico e do estudioso. Ele é menos instruído, e a natureza não o dotou tão generosamente. Ele lê por prazer, e não para transmitir conhecimento ou corrigir as opiniões dos outros. Acima de tudo, ele é guiado por um instinto de criar para si mesmo, a partir de qualquer ninharia que ele possa encontrar, algum tipo de totalidade – um retrato de um homem, um esboço de uma época, uma teoria da arte de escrever. Ele nunca deixa, enquanto lê, de tecer rapidamente algum pano frágil e esfarrapado que lhe dará a satisfação temporária de parecer o bastante com o objeto real para proporcionar emoção, riso e discussão. Apressado, impreciso e superficial, agarrando ora este poema, ora aquele refugo de móvel velho, sem se importar onde o encontra ou de qual natureza ele possa ser, desde que sirva para seu propósito e complete sua estrutura, suas deficiências como crítico são óbvias demais para serem enfatizadas; mas se ele tem, como sustenta o dr. Johnson, algo a dizer na distribuição final de distinções poéticas, então, talvez, valha a pena anotar algumas de suas ideias e opiniões que, insignificantes em si mesmas, contudo contribuem para um resultado tão considerável.

Os Pastons e Chaucer

A torre do Castelo de Caister ainda se ergue vinte e sete metros no ar, e o arco do qual a barcaça de Sir John Fastolf zarpou para ir buscar pedras para a construção do enorme castelo ainda subsiste. Mas agora as gralhas fazem ninho na torre, e do castelo, que uma vez cobria dois hectares e meio de terra, restam apenas paredes arruinadas, cheias de buracos e encimadas por ameias, embora não haja nem arqueiros dentro nem canhões fora. Quanto aos "sete religiosos" e às "sete pessoas pobres" que deveriam, nesse exato momento, estar rezando pelas almas de Sir John e de seus pais, não há nenhum sinal deles nem qualquer som de suas preces. O lugar é uma ruína. Os antiquários conjecturam e divergem.

Não muito longe dali encontram-se mais ruínas – as ruínas do convento de Bromholm, no qual, como era de se esperar, John Paston foi enterrado, uma vez que sua casa não ficava mais do que um quilômetro e meio dali, assentada num terreno plano à beira-mar, vinte milhas ao norte de Norwich. A costa é perigosa, e a terra, mesmo em nossa época, inacessível. Não obstante, o pedacinho de madeira do convento de Bromholm, o fragmento da Cruz verdadeira, trazia, sem parar, peregrinos ao Priorado, e mandava-os embora com os olhos descerrados e os membros endireitados. Mas alguns deles, com seus olhos recém-descerrados, viram uma cena que os deixou chocados – a sepultura de John Paston no Priorado de Bromholm sem uma lápide. A notícia se espalhou pela região. Os Pastons tinham decaído; eles, que tinham sido tão poderosos, não podiam mais se dar ao luxo de uma pedra para pôr em cima da cabeça de John Paston. Margaret, sua viúva, não conseguia pagar suas dívidas; o filho mais velho, Sir John, esbanjava sua propriedade com mulheres e torneios, enquanto o mais jovem, também John, embora fosse homem de maiores dotes, pensava mais em seus falcões do que em suas safras.

Os peregrinos eram, naturalmente, mentirosos, como pessoas cujos olhos tinham havia pouco sido abertos por um pedaço da Cruz verdadeira tinham todo o direito de sê-lo; mas sua novidade era, não obstante, bem-vinda. Os Pastons tinham subido no mundo. As pessoas diziam inclusive que eles tinham sido servos não fazia muito tempo. Seja como for, os homens ainda vivos podiam se lembrar de Clement, o avô de John, um camponês esforçado que lavrava sua própria terra; e William, o filho de Clement, que se tornou juiz e comprava terras; e John, o filho de William, que se casou bem e comprou mais terras e um tanto tardiamente herdou o novo e vasto castelo em Caister, além de todas as terras de Sir John em Norfolk e Suffolk. As pessoas diziam que ele tinha forjado o testamento do velho cavaleiro. É de admirar, pois, que ele não tivesse uma lápide? Mas, se levarmos em consideração o caráter de Sir John Paston, o filho mais velho de John, e sua criação e suas circunstâncias, e as relações entre ele e o pai tais como reveladas pelas cartas da família, veremos como isso – a tarefa de construir a lápide do pai – era difícil e provável de ser negligenciado.

Pois imaginemos, na parte mais desolada da Inglaterra que conhecemos neste exato momento, uma casa em estado bruto, recém-construída, sem telefone, banheiro ou drenagem, poltronas ou jornais, e com uma única prateleira, talvez para livros, pesados para serem sustentados, dispendiosos para serem adquiridos. As janelas dão para uns poucos campos cultivados e uma dúzia de choupanas, e para além disso fica o mar de um lado e um vasto charco do outro. Uma única estrada corta o charco, mas com um buraco no meio que, informa um dos camponeses, é grande o suficiente para engolir uma carruagem. E, acrescenta o homem, Tom Topcroft, o pedreiro maluco, perdeu de novo as estribeiras e percorre o interior seminu, ameaçando matar qualquer um que se aproxime dele. É sobre isso que conversam ao almoço na casa desolada, enquanto a chaminé solta fumaça sem parar, e a corrente de ar levanta os tapetes do chão. São dadas ordens para trancar, ao pôr do sol, todos os portões, e quando a longa e lúgubre noite se dissipara, simples e solenemente, rodeados pelos perigos como estavam, esses homens e mulheres isolados caem de joelhos em oração.

No século quinze, entretanto, a paisagem agreste foi rompida, repentina e muito estranhamente, por vastas camadas de alvenaria novinha em folha. Ali erguia-se das dunas e dos urzais da costa de Norfolk um imenso volume de pedra, como um hotel moderno num balneário; mas não havia nenhum passeio público, nenhuma hospedaria e nenhum píer em Yarmouth na época, e esse edifício gigantesco nos arredores da cidade foi construído para alojar um solitário e velho cavalheiro sem nenhum filho – Sir John Fastolf, que lutara em Agincourt e adquirira uma grande fortuna. Ele lutara em Agincourt e não obtivera mais que uma pequena recompensa. Ninguém seguia seu conselho. Os homens falavam mal dele pelas costas. Ele estava bem consciente disso; nem por isso seu temperamento se tornava mais suave. Ele era um velho irascível, poderoso, afligido por um sentimento de mágoa. Mas fosse no campo de batalha, fosse na corte, ele pensava perpetuamente em Caister, e em como, quando seus deveres permitissem, ele iria se estabelecer na terra do pai e iria morar numa mansão que ele próprio construíra.

A gigantesca obra do Castelo de Caister estava em curso a não muitos quilômetros dali quando os Pastons da nova geração eram crianças. John Paston, o pai, estava encarregado de alguma parte do empreendimento, e as crianças ouviam, tão logo por acaso conseguissem ouvir, falarem de pedras e construção, de barcaças terem ido para Londres e ainda não terem voltado, dos vinte e seis aposentos privados, do salão e da capela; dos alicerces, das medições e dos miseráveis trabalhadores. Mais tarde, em 1454, quando a obra tinha terminado e Sir John veio para passar seus últimos dias em Caister, eles podem ter visto por si mesmos a magnitude do tesouro que estava armazenado ali; as mesas carregadas de baixelas de ouro e prata; os guarda-roupas abarrotados de vestidos de veludo e cetim e brocado de outro, com toucas e platinas e chapéus de pele de castor e jaquetas de couro e gibões de veludo; e como as próprias fronhas sobre as camas eram de seda verde e purpúrea. Havia tapeçarias por toda parte. As camas eram cobertas e os quartos, forrados, com tapeçarias representando combates, caça e falcoaria, homens pescando, arqueiros em ação, damas tocando harpa, entretendo-se com patos, ou um gigante "segurando a perna de um urso na mão". Esses eram os frutos de uma vida bem vivida. Comprar terras, construir grandes casas, abarrotar essas casas com baixelas de ouro e prata (embora a privada pudesse perfeitamente ficar no dormitório) era o fim apropriado da humanidade. O sr. e a sra. Paston consumiam a maior parte de suas energias na mesma e fatigante ocupação. Pois, uma vez que a paixão por adquirir era universal, não se podia permanecer seguro em suas posses por muito tempo. As partes mais afastadas da propriedade que se tinha estavam perpetuamente em risco. O Duque de Norfolk podia cobiçar este solar, o Duque de Suffolk, aquele outro. Alguma desculpa esfarrapada, como, por exemplo, de que os Pastons eram servos, lhes dava o direito de confiscar a casa e botar abaixo as cabanas na ausência do proprietário. E como podia o proprietário de Paston e Mauteby e Drayton e Gresham estar em cinco ou seis lugares ao mesmo tempo, especialmente agora que o Castelo de Caister lhe pertencia, e ele devia estar em Londres tentando conseguir que seus direitos fossem reconhecidos pelo Rei? O Rei também era louco, diziam; não conhecia o próprio filho, diziam; ou o Rei estava em fuga; ou havia guerra civil no país. Norfolk sempre foi o mais afligido dos condados, e seus fidalgos rurais, os mais irascíveis da humanidade. De fato, tivesse a sra. Paston decidido, poderia ter dito aos filhos, quando ela era jovem, sobre como um milhar de homens com arcos e flechas e tachos de fogo ardente tinham marchado sobre Gresham e quebrado os portões e rompido as paredes do quarto no qual ela estava sentada sozinha. Mas coisas muito piores do que essa se deram com as mulheres. Ela não lamentava sua sorte nem se julgava uma heroína. As longas, longuíssimas cartas que escrevia tão laboriosamente, em sua límpida, apertada caligrafia, ao marido, que estava (como de costume) fora, não fazem nenhuma menção a si mesma. As ovelhas tinham consumido o feno. Os homens de Heyden e de Tuddenham estavam fora. Um dique rompera-se e um touro fora roubado. Eles precisavam urgentemente de melado, e ela, sem dúvida, precisava de pano para um vestido. Mas a sra. Paston não falava sobre si mesma.

Assim, os pequenos veriam sua mãe escrevendo ou ditando uma página atrás da outra, uma hora atrás da outra, longas, longuíssimas cartas, mas interromper um pai ou uma mãe que escreve tão diligentemente sobre assuntos tão importantes teria sido um pecado. As tagarelices dos pequenos, as histórias do quarto das crianças menores ou do quarto de instrução não se inseriam nessas elaboradas comunicações. Em grande parte, suas cartas eram as cartas de um capataz honesto ao seu patrão, explicando, pedindo conselhos, dando notícias, prestando contas. Havia roubo e homicídio culposo; era difícil coletar o dinheiro dos arrendamentos; Richard Calle não recolhera mais que uma pequena quantia de dinheiro; e por uma coisa ou outra Margaret não tivera tempo para completar, como deveria, o inventário dos bens como desejava o marido. A velha Agnes bem que podia, vistoriando de longe, um tanto severamente, os negócios do filho, aconselhá-lo a arquitetá-los de modo que "você possa ter menos o que fazer neste mundo; seu pai disse que é nos pequenos negócios que reside mais paz. Este mundo não passa de uma passagem, e está cheio de aflição; e, quando dele partimos, absolutamente nada vai conosco a não ser as nossas boas ações e a doença." O pensamento da morte lhes atingiria, pois, em cheio. O velho Fastolf, sobrecarregado de riqueza e propriedades, teve, no fim, sua visão do fogo do Inferno, e mandou, aos gritos, que seus testamenteiros distribuíssem esmolas e se certificassem de que orações fossem feitas "*in perpetuum*", de modo que sua alma pudesse se livrar das agonias do purgatório. William Paston, o juiz, também insistia que os monges de Norwich deviam ser lembrados de orar por sua alma "eternamente". A alma não era nenhuma nesga de ar, mas um corpo sólido suscetível de sofrimento eterno, e o fogo que a destruía era tão feroz quanto qualquer outro que tenha ardido em grelhas mortais. Para todo o sempre haveria os monges e a cidade de Norwich, e para todo o sempre a Capela de Nossa Senhora na cidade de Norwich. Havia algo de prático, positivo e duradouro em sua concepção tanto da vida quanto da morte.

Com o plano de existência tão vigorosamente delimitado, as crianças eram, naturalmente, bem surradas, e meninos e meninas eram ensinados a saber qual era o seu lugar. Deviam adquirir terras, mas deviam obedecer aos pais. Uma mãe batia na cabeça da filha três vezes por semana e esfolava-lhe a pele se ela não se conformasse às regras de comportamento. Agnes Paston, uma dama, de nascença e educação, batia na filha, Elizabeth. Margaret Paston, uma mulher de coração mole, expulsou a filha de casa por estar apaixonada pelo honesto capataz Richard Calle. Os irmãos não aceitavam que suas irmãs se casassem com alguém abaixo deles e fossem "vender vela e mostarda em Framlingham". Os pais brigavam com os filhos, e as mães, mais afetuosas com os meninos e as meninas, mas compelidas pela lei e pelo costume a obedecer ao marido, ficavam divididas em seus esforços para manter a paz. Devido a todas as suas dores, Margaret não conseguia impedir as ações precipitadas de parte do filho mais velho, John, nem as amargas palavras com as quais o pai o censurava. Ele era um "zangão no meio das abelhas", gritava o pai, "que labutam para colher mel nos campos, e o zangão não faz mais do que pegar a sua parte". Ele tratava seus pais com insolência e, contudo, não estava apto a assumir qualquer responsabilidade fora de casa.

Mas a rixa terminou, muito rapidamente, com a morte (em 22 de maio de 1466) de John Paston, o pai, em Londres. O corpo foi trazido para Bromholm para ser enterrado. Doze homens pobres caminharam penosamente ao longo de todo o caminho carregando tochas ao lado do morto. Esmolas foram distribuídas; missas foram celebradas e cantos fúnebres foram entoados. Sinos repicaram. Grandes quantidades de aves, carneiros, porcos, ovos, pão e creme foram devorados, cerveja e vinho, bebidos, e velas, queimadas. Duas vidraças foram tiradas das janelas da igreja para deixar sair o mau cheiro das tochas. Roupas pretas foram distribuídas, e uma tocha ardente foi posta em cima do túmulo. Mas John Paston, o herdeiro, demorou para fazer a lápide do pai.

Ele era jovem, algo acima de vinte e quatro anos. A disciplina e a dureza da vida de interior deixavam-no entediado. Quando escapava de casa era, aparentemente, para tentar introduzir-se na residência do Rei. De fato, fossem lá quais fossem as dúvidas que pudessem ser imputadas por seus inimigos ao sangue dos Pastons, Sir John era, inequivocamente, um cavalheiro. Ele herdara suas terras; dele era o mel que as abelhas tinham coletado com tanto trabalho. Ele tinha os instintos do desfrute em vez dos instintos da aquisição, e junto com a parcimônia da mãe foi estranhamente misturado algo da ambição do pai. Contudo, seu próprio temperamento, indolente e voluptuoso, atenuava ambos. Ele era atraente para as mulheres, gostava de companhia e torneios, e da vida da corte e de fazer apostas, e às vezes, até mesmo, de ler livros. E assim a vida, agora que John Paston fora enterrado, começava de novo sobre uma base bem diferente. Podia, certamente, haver pouca mudança exterior. Margaret ainda administrava a casa. Ela ainda controlava a vida dos filhos mais jovens tal como administrara a dos mais velhos. Os meninos ainda precisavam ser imbuídos de cultura livresca por seus tutores, as moças ainda se apaixonavam pelos homens errados e deviam se casar com o certo. Os aluguéis tinham de ser cobrados; a interminável ação judicial pelas propriedades de Fastolf se arrastava. Batalhas eram travadas; alternadamente, as Rosas de York e Lancaster feneciam e floresciam. Norfolk estava cheio de pessoas pobres em busca de alívio para suas injúrias, e Margaret trabalhava para o filho tal como tinha trabalhado para o marido, mas com a única e importante mudança de que agora, em vez de fazer confidências ao marido, ela se aconselhava com seu confessor.

Mas internamente havia uma mudança. Tinha-se a impressão de que, por fim, a dura carapaça exterior tivesse cumprido seu propósito e algo sensível, valorativo e prazeroso tivesse se formado no interior. Seja como for, Sir John, escrevendo ao irmão John em casa, se desviava às vezes do trabalho em andamento para fazer uma piada, para contar um mexerico ou para instruí-lo, clara e até mesmo sutilmente, quanto à conduta a seguir numa aventura amorosa. Seja "tão humilde em relação à mãe quanto queira, mas não demasiadamente humilde em relação à donzela, nem seja demasiadamente alegre por ter sido bem-sucedido, nem demasiadamente triste por ter fracassado. E sempre serei seu arauto tanto aqui, se você vier para cá, quanto em casa, quando eu for para casa, que espero seja logo, em 11 dias no máximo". E, então, um falcão devia ser comprado, um chapéu, ou toalhinhas novas de seda eram enviadas a John em Norfolk, que dava seguimento a seu processo judicial, punha seus falcões a voar e cuidava, com considerável energia e uma noção de honestidade nada rigorosa, dos negócios dos bens da família Paston.

As luzes havia muito tempo tinham se apagado na sepultura de John Paston. Mas Sir John ainda se demorava; nenhuma lápide as substituirá. Ele tinha suas desculpas; por causa do problema da ação judicial e de seus deveres junto à Corte e dos transtornos das guerras civis, seu tempo estava tomado e seu dinheiro, esgotado. Mas talvez algo estranho tivesse ocorrido com o próprio Sir John, e não apenas com Sir John demorando-se em Londres, mas com sua irmã Margery se apaixonando pelo capataz, e com Walter fazendo versos latinos em Eton, e com John pondo seus falcões a voar em Paston. A vida era um pouco mais variada em seus prazeres. Eles não estavam exatamente tão seguros quanto fora a geração mais velha sobre os direitos do homem e sobre as dívidas de Deus, sobre os horrores da morte e sobre a importância das lápides. A pobre Margaret Paston pressentiu a mudança e buscou relutantemente, com a pena que marchara de maneira tão firme sobre tantas páginas, expor a raiz de seus problemas. Não que a ação judicial a deixasse triste; ela estava pronta a defender Caister com as próprias mãos se fosse necessário, "embora eu não possa guiar nem dirigir soldados", mas havia algo errado com a família desde a morte do marido e amo. Talvez o filho tivesse fracassado no serviço a Deus; tivesse sido orgulhoso demais ou pródigo demais em seus gastos; ou talvez ele tivesse demonstrado muito pouca compaixão pelos pobres. Fosse lá qual fosse o erro, ela sabia apenas que Sir John gastava, com menos resultado, duas vezes mais dinheiro que o pai; que eles mal conseguiam pagar suas dívidas sem vender terras, madeira ou coisas de casa ("Morro só de pensar nisso"); enquanto todos os dias as pessoas falavam mal deles na região porque eles deixaram John Paston repousar sem uma lápide. O dinheiro que podia tê-lo comprado, ou comprado mais terra, e mais cálices e mais tapeçaria, fora gasto por Sir John em relógios e bijuterias, e para pagar um escriturário para copiar os Tratados sobre a Ordem da Cavalaria e coisas semelhantes. Ali repousavam eles em Paston – onze volumes, com os poemas de Lydgate e Chaucer entre eles, difundindo um estranho ar na desolada, desconfortável casa, convidando os homens à indolência e à vaidade, desviando seus pensamentos dos negócios e levando-os não apenas a negligenciar seu próprio lucro mas também a pensar levianamente nas sagradas obrigações para com os mortos.

Pois com certa frequência, em vez de sair a cavalo para inspecionar suas plantações ou regatear com seus arrendatários, Sir John ficava sentado, em pleno dia, lendo. Ali, numa cadeira dura, no quarto sem conforto, com o vento levantando o tapete e a fumaça ardendo-lhe os olhos, ele se sentava lendo Chaucer, perdendo tempo, sonhando – senão que estranha intoxicação era esta que ele extraía dos livros? A vida era dura, triste e decepcionante. Um ano inteiro de dias passaria inutilmente em negócios tediosos como pancadas de chuva na vidraça. Não havia nenhuma razão nisso como houvera para o seu pai; nenhuma necessidade imperativa de estabelecer uma família e adquirir uma posição importante para crianças que não tinham nascido, ou, se tivessem nascido, não tinham nenhum direito de carregar o nome do pai. Mas os poemas de Lydgate ou de Chaucer, como um espelho no qual imagens se movem brilhante, silenciosa e compactamente, mostravam-lhe os mesmos céus, os mesmos campos e as mesmas pessoas que ele conhecia, mas perfeitos e completos. Em vez de esperar apaticamente por notícias de Londres ou de compor a partir dos mexericos da mãe alguma tragédia interiorana de amor e ciúme, aqui, em poucas páginas, a história inteira estendia-se à sua frente. E, então, enquanto cavalgava ou sentava-se à mesa, ele se lembrava de alguma descrição ou relato que tinha a ver com o momento presente e o fixava, ou alguma cadeia de palavras o fascinava, e, pondo de lado a pressão do momento, ele corria para casa para sentar-se em sua cadeira e ficar sabendo o fim da história.

Ficar sabendo o fim da história – Chaucer ainda pode fazer com que desejemos isso. Ele tem, sobretudo, esse dom do contador de histórias, que é quase o mais raro dos dons entre os escritores de hoje. Nada nos acontece da maneira como acontecia aos nossos ancestrais; os eventos raramente são importantes; ainda que os relatemos, nós realmente não acreditamos neles; temos talvez coisas de maior interesse para dizer, e por essas razões contadores naturais de histórias como o sr. Garnett, que devemos distinguir de contadores de história autoconscientes como o sr. Masefield, têm se tornado raros. Pois o contador de histórias, além de seu indescritível gosto por fatos, deve contar sua história habilmente, sem tensão ou excitação excessivas, do contrário, nós a engolimos inteira e baralhamos as partes; ele deve nos deixar fazer pausas, nos dar tempo para pensar e olhar à nossa volta, mas sempre nos persuadindo a seguir em frente. Chaucer foi ajudado nisso, até certo ponto, pela época de seu nascimento; e, além disso, ele tinha outra vantagem sobre os modernos, uma vantagem que nunca cruzará novamente o caminho dos poetas ingleses. A Inglaterra era um país intacto. Seus olhos repousavam numa terra virgem, toda ela grama e selva intactas, exceto pelos vilarejos e um eventual castelo em construção. Nenhum telhado de *villa* espreitava por entre as copas das árvores de Kentish; nenhuma chaminé de fábrica largava fumaça na encosta. O estado do campo, considerando-se como os poetas vão até a Natureza, como eles a usam para suas imagens e seus contrastes mesmo quando não a descrevem diretamente, é matéria de alguma importância. Seu cultivo ou sua selvageria influenciam o poeta muito mais profundamente do que o escritor de prosa. Para o poeta moderno, com Birmingham, Manchester e Londres tendo o tamanho que têm, o campo é o santuário da excelência moral, em contraste com a cidade que é o antro do vício. Ele é um refúgio, o retiro da modéstia e da virtude, no qual os homens vão se esconder e se edificar. Há algo de mórbido, como que um afastamento do contato humano, nessa adoração à Natureza de Wordsworth, e mais ainda na microscópica devoção que Tennyson dedicou em abundância às pétalas de rosas e aos botões em flor dos limoeiros. Mas esses eram grandes poetas. Em suas mãos, o campo não era uma simples joalheria ou um museu de objetos curiosos para serem descritos, ainda mais curiosamente, em palavras. Os poetas de menor talento, uma vez que a paisagem está tão arruinada, e o jardim ou o prado devem substituir o árido urzal e a abrupta encosta de montanha, estão agora confinados às pequenas paisagens, aos ninhos dos pássaros, às nozes do carvalho, com cada vinco realisticamente descrito. A paisagem mais ampla desapareceu.

Mas para Chaucer o interior era grande demais e selvagem demais para ser todo ele agradável. Ele se voltava, instintivamente, como se tivesse a dolorosa experiência de sua natureza, das tempestades e dos rochedos, para o brilhante dia de maio e para a alegre paisagem, do hostil e misterioso para o jovial e definido. Sem possuir um mínimo da virtuosidade de pintar com as palavras, que é o legado moderno, ele podia dar, em umas poucas palavras, ou até mesmo, quando nos pomos a examinar, sem uma única palavra de descrição direta, a sensação do ar livre.

E vejam as flores frescas como elas brotam

– é o que basta.

A Natureza, inflexível, indomada, não era nenhum espelho para rostos felizes ou para confessores de almas infelizes. Ela era ela mesma; às vezes, portanto, desagradável o suficiente e franca, mas sempre, nas páginas de Chaucer, com a solidez e o frescor de uma presença real. Logo, entretanto, notamos algo de maior importância que a aparência jovial e pitoresca do mundo medieval – a solidez que o dilata, a convicção que anima os personagens. Há uma imensa variedade em *Os contos de Canterbury* e, contudo, persiste, no fundo, um único e consistente tipo. Chaucer tem o seu mundo; ele tem os seus jovens homens; ele tem as suas jovens mulheres. Se os encontrássemos desgarrados no mundo de Shakespeare saberíamos que eram de Chaucer, não de Shakespeare. Ele quer descrever uma garota, e é assim que ela se parece:

> Muito gracioso era o seu plissado véu,
> Delgado o nariz, cinza como vidro os olhos,
> Pequena a boca, e também macia e rubra;
> Mas tinha, sem dúvida, uma larga fronte;
> Tinha quase um palmo de largura, acho;
> Pois, por certo, ela não era nada mirrada.

Então ele vai em frente para desenvolvê-la; ela era uma garota, uma virgem, fria em sua virgindade:

> Sou, tu sabes, desde já tua companheira,
> Uma virgem, e gosto da caça e da cinegética,
> E de andar ao acaso pela floresta virgem,
> E de não ser esposa e ter filhos.

Em seguida ele se lembra como

> Discreta em suas respostas ela sempre foi;
> Embora tão sábia quanto Palas,
> Nenhuma palavra afetada tem ela
> Para imitar o saber; mas segundo sua condição
> Ela fala, e todas as palavras, grandiosas ou não,
> Refletem virtude e delicadeza.

Cada uma dessas citações, de fato, vem de um conto diferente, mas elas são partes, percebe-se, da mesma personagem, que ele tinha em mente, talvez de maneira inconsciente, quando pensava numa garota, e por essa razão, à medida que ela entra e sai de *Os contos de Canterbury*, assumindo nomes diferentes, ela tem uma estabilidade que só se encontrará, obviamente, no ponto em que o poeta tomou uma decisão a respeito das jovens mulheres, mas também a respeito do mundo onde elas vivem, da finalidade, da natureza desse mundo, e de sua própria arte e técnica, de modo que sua mente fique livre para aplicar plenamente sua força a seu objeto. Não lhe ocorre que sua Griselda possa ser melhorada ou alterada. Não há nenhuma obscuridade, nenhuma hesitação; ela não prova nada; ela se contenta em ser ela mesma. Sobre ela, portanto, a mente pode repousar com aquela facilidade inconsciente que lhe permite, a partir de indícios e sugestões, dotar-lhe de muito mais qualidades do que as que são realmente referidas. Essa é a força da convicção, um talento raro, um talento de que também é dotado, em nossa época, Joseph Conrad em seus primeiros romances, e um talento de máxima importância, pois dele depende o peso inteiro do edifício. Uma vez que acreditemos nos jovens e nas jovens de Chaucer não temos nenhuma necessidade de exaltar ou protestar. Sabemos o que ele acha bom, o que ele acha mau; quanto menos dissermos, melhor. Deixemo-lo continuar com sua história, retratar cavaleiros e escudeiros, mulheres boas e mulheres más, cozinheiros, marujos, padres, enquanto nós supriremos a paisagem, daremos à sua gente a crença que é dela, a posição dela diante da vida e da morte, e faremos da viagem a Canterbury uma peregrinação espiritual.

Essa simples fidelidade a suas próprias concepções era mais fácil então do que agora, ao menos sob um aspecto, pois Chaucer podia escrever francamente ali onde nós devemos ou dizer nada ou dizê-lo furtivamente. Ele podia fazer soar cada nota da língua em vez de julgar que um grande número das melhores tinha sido silenciado por falta de uso, emitindo, assim, quando tangidas por dedos ousados, uma dissonância ruidosa e discordante, em desacordo com o resto. Muita coisa de Chaucer – umas poucas linhas, talvez, em cada um dos contos – é imprópria e nos causa, quando a lemos, a estranha sensação de estarmos nus ao ar livre depois de termos estado encapotados em roupas velhas. E, como certo tipo de humor depende da capacidade de falar inconscientemente das partes e funções do corpo, então, com o advento do decoro, a literatura perdeu o uso de um de seus membros. Ela perdeu o poder de criar A mulher de Bath, a ama de Julieta, e a reconhecível, embora já pálida, parente delas, Moll Flanders. Sterne, por medo da grosseria, é compelido à indecência. Ele deve ser espirituoso, não humorístico; ele deve sugerir em vez de falar francamente. Tampouco podemos acreditar, com o *Ulysses* do sr. Joyce à nossa frente, que a risada da espécie antiga algum dia será novamente ouvida.

> Mas, senhor Jesus! Quando recordo
> Minha juventude e minha jovialidade,
> O fundo de meu coração palpita.
> Até os dias de hoje ele vibra forte
> Por ter vivido o mundo no meu tempo.

O som da voz daquela velha mulher está silencioso.

Mas há uma outra e mais importante razão para o brilho surpreendente, para a efetiva alegria de *Os contos de Canterbury*. Chaucer era um poeta; mas ele nunca se retraiu da vida que estava sendo vivida no momento diante de seus olhos. Um pátio de fazenda, com sua palha, seu esterco, seus galos e suas galinhas, não é (chegamos a pensar) um tema poético; os poetas parecem ou excluir o pátio inteiramente ou exigir que ele seja um pátio na Tessália com seus porcos de origem mitológica. Mas Chaucer diz sem rodeios:

> Ela tinha três grandes porcas, e não mais,
> Três vacas, e também uma ovelha chamada Malle.

ou ainda,

> Ela tinha um quintal, todo cercado
> Com varas, e uma vala seca fora dele.

Ele é despudorado e destemido. Ele sempre se aproxima de seu objeto – o queixo de um velho –

> Com os pelos grossos de sua barba áspera,
> Como pele de tubarão, como sarça espinhosa –

ou do pescoço de um velho –

> A pele frouxa à volta do pescoço se mexia
> Enquanto ele cantava;

e ele dirá o que seus personagens vestem, qual seu aspecto, o que eles comem e bebem, como se a poesia pudesse lidar com os fatos comuns desse exato momento de terça-feira, dezesseis de abril de 1387, sem sujar as mãos. Se ele recua para o tempo dos gregos ou dos romanos é apenas porque sua história o leva para lá. Ele não tem nenhum desejo de se envolver na antiguidade, de buscar refúgio no tempo de antigamente ou se esquivar das associações com o inglês merceeiro comum.

Portanto, quando dizemos que conhecemos o fim da jornada, é difícil citar os versos específicos dos quais extraímos nosso conhecimento. Chaucer fixava os olhos na estrada à sua frente, e não no mundo por vir. Ele era pouco dado à contemplação abstrata. Ele desaprovava, com peculiar malícia, qualquer competição com os eruditos e os teólogos:

A resposta a isso deixo para os teólogos,
Mas bem sei a grande dor que há neste mundo.

Que mundo é este? O que as pessoas querem ter?
Ora com a pessoa amada, ora no sepulcro frio,
Só, sem nenhuma companhia.

Oh, deuses cruéis que governais
Este mundo com o vínculo de vosso verbo eterno,
E escreveis, na laje da mais dura das pedras,
Vossa decisão e vosso decreto eterno,
Por que a humanidade é mais sujeitada a vós
Do que a ovelha que se curva no redil?

As perguntas atormentavam-no; ele faz perguntas, mas é um poeta demasiadamente genuíno para respondê-las; ele as deixa irresolvidas, irrestritas pela solução do momento e, portanto, frescas para as gerações que vêm depois dele. Além disso, quanto à sua vida, seria impossível rotulá-lo como um homem deste grupo ou daquele, um democrata ou um aristocrata. Ele era um fiel homem de igreja, mas se ria dos padres. Era um servidor público competente e um cortesão, mas suas opiniões sobre a moralidade sexual eram extremamente permissivas. Ele se compadecia da pobreza, mas não fazia nada para melhorar a sorte do pobre. Pode-se afirmar sem a menor dúvida que nenhuma lei tenha sido concebida nem uma única pedra assentada sobre outra por causa de algo que Chaucer disse ou escreveu; e contudo, quando o lemos, estamos absorvendo moralidade em cada poro. Pois há, entre os escritores, dois tipos: há os padres que nos pegam pela mão e nos levam direto ao mistério; há os leigos que incrustam suas doutrinas em carne e sangue e constroem um modelo completo do mundo sem excluir o mau ou dar ênfase ao bom. Wordsworth, Coleridge e Shelley estão entre os padres; eles nos dão um texto atrás do outro para serem pendurados na parede, um adágio atrás do outro para serem postos sobre o coração como um amuleto contra o desastre –

Adeus, adeus, ao coração que vive só

Aquele que melhor ora, melhor ama
Todas as coisas, grandes e pequenas

– essas linhas de exortação e ordem vêm instantaneamente à memória. Mas Chaucer nos permite seguir o nosso caminho fazendo as coisas de sempre com as pessoas de sempre. Sua moralidade se assenta na maneira pela qual os homens e as mulheres se comportam entre si. Nós os vemos comendo, bebendo, rindo e fazendo amor, e acabamos por perceber, sem que uma palavra seja dita, quais são seus critérios e nos impregnamos, assim, dos pés à cabeça, de sua moral. Não pode haver pregação mais convincente que essa, em que nossas ações e paixões são representadas e, em vez de sermos solenemente exortados, somos deixados a andar ao acaso e a arregalar os olhos e a extrair algum significado por nossa conta. É a moralidade da interação comum, a moralidade do romance, que pais e bibliotecários corretamente julgam ser bem mais persuasiva que a moralidade do poeta.

E, assim, quando calamos Chaucer, sentimos que sem uma palavra sendo dita a crítica está completa; o que estamos dizendo, pensando, lendo, fazendo fora comentado. Tampouco somos deixados simplesmente com a sensação, por mais potente que ela seja, de termos estado em boa companhia e de termos nos ajeitado às maneiras da boa sociedade. Pois embora tivéssemos andado pelo real, pelo singelo interior, primeiro com um bom sujeito contando sua piada ou cantando sua canção e depois com um outro, sabemos que, embora esse mundo se lhe assemelhe, ele não é, na verdade, nosso mundo cotidiano. É o mundo da poesia. Tudo aqui acontece mais rápida e intensamente e com uma ordem melhor que na vida ou na prosa; há uma monotonia formal, elevada, que é parte do encantamento da poesia; há versos que recitam meio segundo adiantado o que estávamos prestes a dizer, como se lêssemos nossos pensamentos antes de as palavras embaraçá-los; e versos que voltamos atrás para ler de novo com aquela elevada elegância, com aquele encantamento que os mantém cintilantes na mente até muito tempo mais tarde. E o todo é mantido em seu lugar, e sua variedade e suas divagações são ordenadas pelo poder que está entre os mais impressionantes de todos − o poder de modelar, o poder do arquiteto. É característico de Chaucer, entretanto, que, embora imediatamente sintamos essa aceleração, esse fascínio, não podemos prová-lo por meio de citações. A citação de obras da maioria dos poetas é fácil é óbvia; alguma metáfora repentinamente brota; alguma passagem destaca-se do resto. Mas Chaucer é muito igual, de passo muito uniforme, muito pouco metafórico. Se destacamos seis ou sete versos na esperança de que a qualidade esteja contida neles, ela se evaporou.

> Meu senhor, vós sabeis que na casa de meu pai
> Vós me teríeis me despido de minha pobre roupa,
> E teríeis me vestido ricamente, por vossa graça.
> Para vós eu não trouxe, sem dúvida, nada mais
> Que fé, e nudez, e minha virgindade.

Em seu devido lugar eles pareciam não apenas memoráveis e comoventes, mas dignos de serem colocados ao lado de admiráveis belezas. Destacados e considerados separadamente, eles parecem ordinários e comedidos. Chaucer, ao que parece, tem alguma arte através da qual as mais ordinárias das palavras e as mais simples das sensações quando postas lado a lado se iluminam mutuamente; quando separadas, elas perdem seu fulgor. Assim, o prazer que ele nos dá é diferente do prazer que outros poetas nos dão porque ele está mais estreitamente conectado com o que nós mesmos sentimos ou observamos. Comer, beber e bom tempo, o pilriteiro, galos e galinhas, moleiros, camponesas velhas, flores – há um estímulo especial em ver todas essas coisas comuns tão arranjadas que elas nos afetam tal como a poesia nos afeta, e contudo são brilhantes, sóbrias, precisas, tal como as que vemos fora de casa. Há uma pungência nessa linguagem nada figurativa; uma beleza majestosa e memorável nas frases desnudas que seguem uma à outra como mulheres tão levemente veladas que se veem as linhas de seu corpo ao caminharem –

> E ela pôs bem ligeiro seu pote d'água
> Ao lado da entrada do estábulo do boi.

E então, quando a procissão se põe a caminho, de trás surge o rosto de Chaucer, em conluio com todas as raposas, jumentos e galinhas para zombar das pompas e cerimônias da vida – espirituoso, intelectual, francês e, ao mesmo tempo, assentado num vasto suporte de humor inglês.

Assim Sir John lia seu Chaucer no quarto nada confortável, com o sopro do vento e a ardência da fumaça, e deixava a lápide do pai por fazer. Mas nenhum livro, nenhum túmulo tinha o poder de segurá-lo por muito tempo. Ele era um daqueles personagens ambíguos que assolam a linha divisória na qual uma geração funde-se à outra e não é capaz de herdar nenhuma delas. Numa hora ele está inclinado a comprar livros a preços baratos; na outra estava de saída para a França e dizia à mãe: "Minha mente não está mais tão interessada em livros". Em sua própria casa, na qual a mãe, Margaret, estava perpetuamente fazendo inventários ou contando segredos a Gloys, o padre, ele não tinha paz nem descanso. Havia sempre razão por parte dela; ela era uma mulher corajosa, pela qual se devia sempre tolerar a insolência do padre e engolir a raiva quando a queixa virava insulto óbvio, e "Tu orgulhoso padre" e "Tu orgulhoso nobre rural" se juntavam raivosamente em volta da sala. Tudo isso, com os desconfortos da vida e a fraqueza de seu próprio caráter, o impelia a demorar-se em lugares mais prazerosos, a protelar a chegada, a protelar a escrita, a protelar, um ano atrás do outro, a lápide do pai.

Contudo John Paston jazia agora por doze anos embaixo da terra nua. O prior de Bromholm avisou que a mortalha estava em pedaços e que ele mesmo tentara remendá-la. Pior ainda, para uma mulher altiva como Margaret Paston, as pessoas da região murmuravam sobre a falta de piedade dos Pastons, e outras famílias, ouvia ela, de posição não mais elevada que a deles, gastavam dinheiro na piedosa restauração da mesma igreja em que seu marido jazia esquecido. Por fim, retornando de torneios e de Chaucer e da srta. Anne Hault, Sir John lembrou-se de uma peça de brocado de ouro que fora usada para cobrir o carro fúnebre do pai e poderia agora ser vendida para custear as despesas de seu túmulo. Margaret a mantivera a salvo; ela a guardara e cuidava dela e gastara vinte marcos em sua reparação. Ela era contrária a isso; mas não havia outro jeito. Ela a enviou para ele, ainda desconfiando de suas intenções ou de seu poder para pô-las em prática. "Se você vendê-la para qualquer outro uso", escreveu ela, "por minha fé, nunca mais confiarei em você enquanto estiver viva."

Mas esse ato final, como tantos dos que Sir John se incumbiu no curso de sua vida, não se concretizou. Uma controvérsia com o Duque de Suffolk no ano 1479 obrigou-o a ir a Londres a despeito da epidemia que grassava lá fora; e ali, em alojamentos sujos, sozinho, metido até o fim em rixas, importuno até o fim em busca de dinheiro, Sir John morreu e foi enterrado em Whitefriars, em Londres. Ele deixou uma filha natural; deixou um número considerável de livros; mas a lápide do pai ainda estava por ser feita.

Os quatro grossos volumes das cartas dos Pastons, entretanto, engolem esse frustrado homem tal como o mar absorve uma gota de chuva. Pois, tal como todas as coleções de cartas, elas parecem sugerir que não nos importemos muito com o destino dos indivíduos. A família continuará, quer Sir John se mantenha vivo, quer ele morra. O método dessas coleções consiste em juntar em insignificantes e, frequentemente, lúgubres, montículos de poeira as inumeráveis trivialidades da vida cotidiana, à medida que ela se desgasta, ano após ano. E, então, de repente eles se inflamam; o dia resplandece, completo, vivo, diante de nossos olhos. É de manhãzinha e homens estranhos têm estado a murmurar entre as mulheres enquanto elas ordenham. É de tardezinha e lá no cemitério da igreja a mulher de Warne irrompe contra a velha Agnes Paston: "Que todos os demônios do Inferno levem sua alma para o Inferno". Agora é outono em Norfolk, e Cecily Dawne se dirige a Sir John, implorando-lhe, chorosa, por roupas. "Além do mais, Sir, gostaria que soubesse que o inverno e o tempo frio chegaram e tenho apenas umas poucas roupas que o senhor me deu." Há o antigo dia, estendido à nossa frente, hora a hora.

Mas não há, em tudo isso, nenhum ato de escrita apenas pelo ato de escrita; nenhum uso da pena para transmitir prazer ou diversão ou qualquer um dos milhões de tons de carinho e intimidade que têm preenchido tantas cartas inglesas desde então. Apenas ocasionalmente, em grande parte sob a pressão da raiva, Margaret Paston de fato reavivava algum dito perspicaz ou alguma solene imprecação. "Couro alheio dá boa correia... Nós plantamos e eles usufruem... A pressa prejudica... que é para o meu coração uma verdadeira lança." Isso é sua eloquência e isso, sua angústia. Seus filhos, é verdade, põem sua pena mais facilmente a serviço de sua própria vontade. Eles gracejam um tanto rigidamente; eles sugerem um tanto toscamente; eles fazem uma pequena cena, como um teatro de marionetes grosseiro, sobre a raiva do velho padre e fazem uma frase ou duas sem rodeios quando falam pessoalmente. Mas quando Chaucer vivia ele deve ter ouvido essa mesma linguagem, prosaica, nada metafórica, muito mais adequada à narrativa que à análise, capaz de solenidade religiosa ou de humor picante, mas de material muito rijo para pôr nos lábios de homens e mulheres conversando face a face. Em suma, é fácil ver, com base nas cartas dos Pastons, por que Chaucer escreveu não *Lear* ou *Romeu e Julieta*, mas *Os contos de Canterbury*.

Sir John foi enterrado; e John, o jovem irmão, por sua vez, sucedeu-o. As cartas dos Pastons permanecem; a vida em Paston continua quase a mesma que antes. Sobre tudo isso paira uma sensação de desconforto e desamparo; de membros sujos enfiados em esplêndidas roupas; de tapeçaria balançando nas paredes ao sopro das correntes de ar; do dormitório com sua latrina; dos ventos varrendo incansáveis a terra sem serem amainados por sebe ou vila; do Castelo de Caister cobrindo com pedra sólida dois hectares e meio de chão, e dos Pastons, de rosto comum, infatigavelmente acumulando riqueza, palmilhando as ruas de Norfolk e persistindo com uma coragem obstinada que lhes dá um crédito infinito em suprir a aridez da Inglaterra.

O diário da senhora Joan Martyn

Meus leitores talvez não saibam quem eu sou. Portanto, embora tal prática seja incomum e nada natural – pois sabemos quão modestos são os escritores – não hesitarei em explicar que sou a srta. Rosamond Merridew, de quarenta e cinco anos de idade – minha franqueza é constante! – e que alcancei fama considerável em minha profissão pelas pesquisas que fiz no sistema do direito de posse da terra na Inglaterra medieval. Berlim já ouviu meu nome; Frankfurt promoveria um sarau em minha honra; e certamente não sou desconhecida em um ou dois quartos privados de Oxford e de Cambridge. Talvez, a natureza humana sendo o que é, sustente meu caso de modo mais convincente se disser que troquei um marido e uma família e uma casa na qual eu pudesse envelhecer por certos fragmentos de pergaminho amarelado; que apenas um pequeno número de pessoas é capaz de ler e um número ainda menor se preocuparia em ler se disso fosse capaz. Mas feito uma mãe que trata com mais carinho o mais feio e estúpido de sua prole, tal como leio às vezes, não sem alguma curiosidade, na literatura de meu sexo, da mesma forma brotou no meu peito uma espécie de paixão maternal por esses pequenos gnomos enrugados e descorados; na vida real vejo-os como aleijadinhos com rostos nervosos, mas, ainda assim, com a chama do gênio em seus olhos. Não vou me deter em esmiuçar essa frase; isso seria tão pouco provável de dar certo quanto se aquela mesma mãe com que me comparo se esforçasse para explicar que seu aleijadinho era, na verdade, um menino lindo, mais bonito que todos os seus irmãos.

Seja como for, minhas pesquisas fizeram de mim uma caixeira-viajante; só que o meu hábito é comprar em vez de vender. Apresento-me em antigas casas de fazenda, mansões deterioradas, casas paroquiais, sacristias, sempre com a mesma pergunta. Vocês têm algum papel velho que possam me mostrar? Como podem imaginar, os prósperos dias para esse tipo de passatempo terminaram; a antiguidade se tornou o mais vendável dos atributos; e o estado, além disso, com suas comissões, deu, em geral, um fim ao empreendimento dos indivíduos. Algum funcionário, dizem-me muitas vezes, prometeu vir até aqui para inspecionar seus documentos; e o favor do "Estado", que essa promessa implica, despoja minha pobre voz individual de toda sua persuasão.

Contudo, rememorando o passado tanto quanto posso, não cabe a mim me queixar de algumas recompensas muito boas que devem ter sido de real interesse para o historiador, e de outras que, por serem tão intermitentes e tão minúsculas em sua iluminação, me agradam ainda mais. Uma luz repentina sobre as pernas da Dama Elizabeth Partridge envia seus raios de luz por toda a nação da Inglaterra, até ao Rei em seu trono; ela precisava de meias! e nenhuma outra necessidade nos comove da mesmíssima maneira que a realidade das pernas medievais; e, portanto, que a realidade dos corpos medievais, e, assim, subindo, um degrau depois do outro, que a realidade dos cérebros medievais; e ali nos encontramos no centro de todas as eras: meio, começo ou fim. E isso me leva a uma confissão a mais de minhas próprias virtudes. Minhas pesquisas sobre o sistema do direito de posse da terra nos séculos XIII, XIV e XV têm sido duplamente valiosas, tenho certeza, pelo notável dom que tenho de apresentá-las em relação com a vida da época. Tenho levado em conta o fato de que os meandros do direito de posse da terra nem sempre foram os fatos mais importantes na vida de homens e mulheres e crianças; tenho tido muitas vezes a audácia de sugerir que as sutilezas que tão intensamente nos encantam eram mais a prova da negligência de nossos ancestrais do que uma prova de seu surpreendente esmero. Pois qual homem em são juízo, tive a coragem de observar, perderia seu tempo em complicar suas leis em benefício de meia dúzia de antiquários que viriam à luz cinco séculos depois de ele estar no túmulo?

Não discutiremos aqui esse argumento em nome do qual dei e levei muitos e argutos golpes; introduzo a questão simplesmente para explicar por que fiz com que todas essas investigações fossem subsidiárias a certos retratos da vida familiar que introduzi em meu texto; tal como a flor de todas essas intricadas raízes; a faísca de toda essa fricção do sílex.

Caso leia minha obra intitulada "Os anais das herdades", você ficará satisfeito ou insatisfeito, conforme seu temperamento, com certas digressões que encontrará aí.

Não tive escrúpulos em devotar várias páginas em letras grandes a uma tentativa de mostrar, tão vivamente quanto numa pintura, alguma cena da vida da época; aqui bato na porta do servo e encontro-o assando coelhos de que ele se apropriara furtivamente; apresento-lhe o senhor da herdade se preparando para alguma viagem, ou chamando seus cães para um passeio nos campos, ou sentando-se numa cadeira de espaldar alto para inscrever laboriosos riscos numa folha brilhante de pergaminho. Noutro quarto mostro-lhe a Dama Elinor ocupada com sua agulha; e ao seu lado, num banco mais baixo, senta-se a filha, também costurando, mas com menos dedicação. "Filha, teu marido vai chegar antes que teu enxoval esteja pronto", repreende a mãe.

Ah, mas para ler isso por extenso você deve estudar meu livro! Os críticos sempre me ameaçaram com duas varas; em primeiro lugar, dizem eles, essas digressões estão todas muito bem numa história da época, mas elas não têm nada a ver com o sistema do direito de posse da terra; em segundo lugar, eles se queixam de que não tenho nenhum material à mão com que eu possa fortalecer essas palavras de modo que tenham alguma aparência de verdade. É bem sabido que o período que escolhi é mais desprovido de registros particulares do que qualquer outro; a menos que escolhamos extrair toda nossa inspiração das *Cartas de Paston*, devemos, como qualquer outro contista, nos darmos por satisfeitos em simplesmente usar a imaginação. E isso, dizem-me, é uma arte útil em seu devido lugar; mas não deve ser-lhe permitido que reivindique qualquer relação com a arte mais rigorosa do historiador. Mas aqui inclino-me, mais uma vez, àquele famoso argumento que sustentei certa vez com tanto zelo na revista *Historian's Quarterly*. Devemos prosseguir com nossa introdução antes que algum leitor voluntarioso jogue o livro no chão e declare já ter dominado seu conteúdo: Oh, a velha história! Querelas de antiquário!

Permitam-me traçar aqui uma linha divisória como esta —————————— e deixar para trás toda essa questão do certo e do errado, da verdade e da ficção.

Numa manhã de junho, há dois anos, deu-se o caso de que eu ia de carruagem pela estrada de Thetford, de Norwich a East Harling. Estava em alguma expedição, na verdade, na busca de uma agulha num palheiro, para recuperar alguns documentos que eu acreditava estarem enterrados nas ruínas da Abadia de Caister. Se gastássemos na escavação de nossas próprias ruínas um décimo da quantia que gastamos anualmente para escavar as cidades gregas, que história diferente teriam os historiadores para contar!

Esse era o tema de minhas meditações; mas, apesar disso, um olho, o meu olho arqueológico, mantinha-se atento à paisagem pela qual passávamos. E foi em obediência a um telegrama dele que, num certo ponto, levantei-me de um salto na carruagem e ordenei ao cocheiro que virasse imediatamente à esquerda. Passamos por uma alameda comum, ladeada por olmos antigos; mas a isca que me fisgou foi uma pequena pintura quadrada, delicadamente emoldurada entre ramos verdes no extremo oposto e na qual um velho batente estava distintamente desenhado em linhas de pedra branca esculpida.

À medida que nos aproximávamos, o batente se revelava estar circundado por compridas e baixas paredes de gesso colorido de amarelo; e no alto delas, a uma distância não muito grande, estava o telhado de telhas avermelhadas, e finalmente vi diante de mim toda a respeitável casinha, construída como a letra E sem o talho do meio.

Aqui estava, pois, uma daquelas antigas, pequenas e humildes residências, que permanecem quase intocadas e praticamente desconhecidas por séculos e séculos, porque são insignificantes demais para serem demolidas ou refeitas; e seus proprietários são pobres demais para serem ambiciosos. E os descendentes de quem a edificou continuam morando aqui, com aquela curiosa inconsciência de que a casa é, de algum modo, notável, o que serve para fazê-los parte dela, tal como a chaminé que ficou preta com gerações de fumaça da cozinha. Obviamente uma casa maior seria preferível, e não duvido de que ficariam em dúvida entre vendê-la ou não caso recebessem uma boa oferta por ela. Mas essa é a tendência natural e espontânea que prova o quão genuína é a coisa toda. Não se pode ser sentimental a respeito de uma casa em que se viveu por quinhentos anos. Este é o tipo de lugar, pensei, com a mão na sineta, em que os proprietários provavelmente guardam manuscritos raros e os vendem tão facilmente ao primeiro trapeiro que apareça quanto venderiam a lavagem dos porcos ou a madeira do parque. Meu ponto de vista é, afinal de contas, o de uma excêntrica mórbida, e essas são as pessoas de natureza realmente saudável. Elas não sabem escrever? – elas me dirão; mas de que valem cartas antigas? Sempre queimo as minhas – ou as uso para cobrir os potes de geleia.

Por fim, veio uma criada, me olhando com ar meditativo, como se devesse ter se lembrado do meu rosto e do meu objetivo. "Quem mora aqui?", perguntei-lhe. "O sr. Martyn", disse ela, pasmada, como se eu tivesse perguntado pelo nome do atual Rei da Inglaterra. "Há uma sra. Martyn, e ela está em casa, e posso vê-la?" A moça fez sinal para que eu a seguisse e me levou em silêncio a uma pessoa que poderia, supostamente, assumir a responsabilidade de responder minhas estranhas perguntas.

Fui conduzida, por um salão revestido com painéis de carvalho, até uma sala menor, na qual uma mulher corada e da minha idade trabalhava, numa máquina, na costura de uma calça. Parecia uma governanta, mas ela era, sussurrou a criada, a sra. Martyn.

Ela se levantou com um gesto que indicava que ela não era exatamente uma senhora que recebesse visitas matinais, mas era, não obstante, a pessoa com autoridade, a senhora da casa; que tinha o direito de saber qual era o meu assunto ao vir até aqui.

Há certas regras no ramo do antiquário, das quais a primeira e mais simples é a de que não se deve declarar o objetivo no primeiro encontro. "Estava passando pela sua porta; e tomei a liberdade – devo dizer-lhe que sou uma grande fã do pitoresco – de fazer uma visita, na possibilidade de que me seja permitido dar uma olhada na casa. Parece-me ser um espécime particularmente especial."

"Se me permite perguntar-lhe, a senhora quer alugá-la?", disse a sra. Martyn, que falava com um agradável vestígio de dialeto.

"Então a senhora aluga quartos?", perguntei.

"Oh, não", retorquiu decididamente a sra. Martyn: "Nunca alugamos quartos; pensei que talvez a senhora quisesse alugar toda a casa."

"É um tanto grande para mim; mas, ainda assim, tenho amigos."

"Muito bem, então", interrompeu, alegremente, a sra. Martyn, pondo de lado a ideia de lucro e simplesmente procurando fazer um ato de caridade; "certamente será um grande prazer mostrar-lhe a casa toda – eu mesma não sei muita coisa sobre coisas antigas; e nunca ouvi dizer, de modo algum, que a casa fosse especial. Ainda assim, para quem vem de Londres, é um tipo de lugar agradável." Ela examinou curiosamente meu vestido e meu corpo que, confesso, parecia, sob seu límpido e um tanto compassivo olhar, mais curvado do que o normal; e dei-lhe a informação que ela queria. De fato, à medida que andávamos pelos longos corredores, agradavelmente decorados com barras de carvalho ao longo das paredes caiadas, e olhávamos os imaculados e pequenos quartos com janelas quadradas de cor verde que davam para o jardim, e nos quais via móveis que eram simples mas decentes, trocamos um número considerável de perguntas e respostas. O marido era dono de muitas terras; mas o valor da terra diminuíra terrivelmente; e agora eles eram obrigados a morar na casa, que não conseguia ser alugada; embora fosse grande demais para eles e os ratos fossem uma praga. A casa tinha estado na família do marido por muitíssimos anos, observou ela com certo orgulho; ela não sabia por quanto tempo, mas as pessoas diziam que os Martyns tinham outrora sido pessoas importantes na região. Ela chamou minha atenção para o "y" no sobrenome deles. Entretanto ela falava com o orgulho muito moderado e claramente perspicaz de quem sabe, por sofrida experiência pessoal, quão pouco vale a nobreza de nascimento diante de certas desvantagens materiais, como a aridez da terra, por exemplo, os buracos no telhado e a rapacidade dos ratos.

Ora, ainda que o lugar fosse escrupulosamente limpo e bem conservado, havia certa pobreza em todos os quartos, a proeminência de enormes mesas de carvalho e a ausência de outros adornos que não xícaras de estanho e pratos de porcelana lustrosos que pareciam sinistros ao meu olhar inquisidor. A impressão que se tinha era de que uma grande parte daquelas coisas pequenas e portáteis que fazem com que um quarto pareça mobiliado tivesse sido vendida. Mas a dignidade de minha anfitriã me impedia de sugerir que sua casa tivesse sido alguma vez diferente do que era agora. E, ainda assim, não pude deixar de imaginar que havia uma espécie de melancolia na maneira como ela me conduzia a quartos que estavam quase vazios, comparava a pobreza atual com os dias de maior abundância e tinha na ponta da língua, para me dizer, a frase: "As coisas um dia foram melhores." Ela também parecia um tanto apologética enquanto me conduzia por uma série de dormitórios e por um ou dois cômodos que podiam ter servido de sala de estar se as pessoas tivessem tido tempo livre para se sentarem ali, como se quisesse me mostrar que estava bastante consciente da discrepância entre esta casa e sua própria e robusta feição. Por conseguinte, não me agradava fazer a pergunta que mais me interessava – se eles tinham algum livro – e eu estava começando a perceber que já tinha mantido a boa senhora distante de sua máquina de costura por um tempo suficiente, quando de repente, tendo ouvido um assobio, ela olhou pela janela e gritou algo sobre estar vindo para o almoço. Depois ela se virou para mim com certa timidez, mas com uma expressão de hospitalidade, e me convidou para "Sentar e almoçar" com eles. "John, meu marido, sabe muito mais do que eu sobre essas coisas antigas dele, e estou certa de que está muito feliz por ter encontrado alguém com quem conversar sobre isso. Digo-lhe que isso está no sangue dele", riu-se ela, e eu não via nenhuma razão para não aceitar o convite. Ora, John não se enquadrava tão facilmente quanto sua mulher em nenhum rótulo identificável. Era um homem de meia-idade e média estatura, de compleição e cabelos escuros, com uma palidez que não parecia natural num fazendeiro; e um bigode caído que ele alisava lentamente com uma das mãos bem torneadas enquanto falava. Os olhos eram castanho-claros e brilhantes, mas senti um quê de suspeita quando seu olhar pousou em mim. Ele começou, entretanto, a falar, com um sotaque de Norfolk ainda mais acentuado que o da mulher; e a voz e a roupa confirmavam que ele era, na realidade, se não por inteiro, na aparência, um sólido fazendeiro de Norfolk. Ele simplesmente anuiu com a cabeça quando eu lhe disse que sua mulher fizera a gentileza de mostrar-me a casa. E então, olhando para ela com uma piscadela, ele observou: "Se fosse por ela a velha casa teria ficado por conta dos ratos. E a casa é grande demais e há fantasmas demais. Hein, Betty?". Ela se limitou a sorrir, como se seu papel na discussão tivesse se encerrado havia muito tempo.

Pensei em agradá-lo estendendo-me sobre as maravilhas da casa e sua antiguidade; mas ele parecia pouco interessado em meus elogios, comia bastante carne fria e acrescentava "sins" e "nãos" a torto e a direito.

Um retrato, pintado talvez no tempo de Charles, o Primeiro, que estava pendurado acima de sua cabeça, se parecia tanto com ele, contanto que se trocasse o rufo e o gibão de seda pelo colarinho e pela calça xadrez dele, que fiz a óbvia comparação.

"Oh, sim", disse ele, sem mostrar muito interesse, "é o meu avô; ou o avô de meu avô. Aqui nos ocupamos com avôs."

"Esse é o Marty que lutou em Bogne?", perguntou Betty ao acaso enquanto insistia que eu me servisse de outra fatia de carne.

"Em Bogne", exclamou o marido, com ceticismo e até mesmo irritação – "Ora, minha santa mulher, você está pensando no tio Jasper. Este sujeito estava na cova muito antes de Bogne. O nome dele é Willoughby", continuou ele, dirigindo-se a mim, como se quisesse que eu entendesse o caso por completo; porque um deslize sobre um fato tão simples era imperdoável, ainda que o fato em si pudesse não ser de grande interesse.

"Willoughby Martyn: nascido em 1625, falecido em 1685: lutou em Marston Moor como capitão de uma tropa de homens de Norfolk. Sempre fomos monarquistas. Foi exilado no Protetorado, foi para Amsterdam; lá comprou um cavalo baio do Duque de Newcastle; ainda temos cavalos dessa raça; voltou para cá na Restauração, casou-se com Sally Hampton – da mansão senhorial, mas eles se extinguiram na última geração, e teve seis filhos, quatro homens e duas mulheres. Ele comprou o Lower Meadow, não é, Betty?", provocando a esposa para instigar-lhe a memória inexplicavelmente morosa.

"Agora me lembro bem dele", respondeu ela, placidamente.

"Ele morou aqui durante toda a última parte da vida; morreu de varíola, ou daquilo que chamavam à época de varíola; e a filha, Joan, pegou a doença dele. Estão enterrados no mesmo túmulo na igreja lá adiante." Ele levantou o polegar e continuou almoçando. Tudo isso era dito de modo muito breve e até brusco como se ele estivesse cumprindo alguma tarefa indispensável que, devido à longa familiaridade, se tornara bastante desinteressante para ele; embora, por alguma razão, ele ainda tivesse que repeti-la.

Não pude deixar de mostrar meu interesse pela história, embora estivesse consciente de que minhas perguntas não entretinham meu anfitrião.

"Você parece ter uma estranha preferência por esses meus antepassados", comentou ele, por fim, com uma singular e leve carranca de irritação irônica. "Você deve mostrar-lhe os quadros depois do almoço, John", interpôs sua mulher; "e todas as coisas antigas."

"Tenho o máximo interesse", disse eu, "mas não quero tomar o tempo de vocês."

"Oh, o John sabe muita coisa sobre eles; ele é muitíssimo instruído no assunto de quadros."

"Qualquer tolo conhece seus ancestrais, Betty;" resmungou o marido; "mas se quiser ver o que temos, minha senhora, terei orgulho em mostrar-lhe." A cortesia da frase e o jeito como ele mantinha a porta aberta para mim me fizeram lembrar do "y" em seu sobrenome.

Ele me conduziu pela casa, apontando com um cabo de chicote para uma tela escura atrás da outra; e dizendo secamente duas ou três palavras definitivas de descrição à frente de cada uma; elas estavam dispostas, aparentemente, em ordem cronológica, e estava claro, apesar da sujeira e da escuridão, que os retratos mais recentes eram exemplos mais fracos da arte e representavam pessoas de aparência menos distinta. Os casacos militares se tornaram cada vez menos frequentes, e no século dezoito os Martyns do sexo masculino eram representados em roupas cor de rapé, de corte rústico, e eram brevemente descritos por seu descendente como "Fazendeiros" ou "aquele que vendeu a Fazenda do Charco". As esposas e as filhas por fim desapareceram completamente, como se com o tempo um retrato tivesse passado a ser visto mais como o complemento necessário do chefe de família, e não como o direito que a beleza por si só pudesse reivindicar. Ainda assim, eu não podia reconhecer na voz do homem nenhum sinal de que ele estivesse seguindo, com o cabo do chicote, o declínio de sua família, pois não havia orgulho nem pesar em sua entonação; na verdade, ela mantinha seu tom monótono, como o de alguém que conta uma história tão conhecida que as palavras foram silenciosamente despidas de qualquer significado.

"Ali está o último deles – o meu pai", disse ele, por fim, após ter percorrido lentamente os quatro lados da casa; olhei para uma tela rudimentar, pintada, deduzi, no início dos anos sessenta, por algum pintor itinerante com uma pincelada banal. Talvez a desajeitada mão tivesse acentuado a rudeza das feições e a aspereza da tez; tivesse achado ser mais fácil pintar o fazendeiro do que produzir o sutil equilíbrio que, pode-se deduzir, formava-se no pai como no filho. O artista tinha enfiado seu modelo num casaco preto e enrolado uma gravata branca apertada no seu pescoço; contudo, o pobre cavalheiro nunca se sentira à vontade nelas.

"E agora, sr. Martyn", senti-me obrigada a dizer: "Só posso agradecer-lhe e à sua esposa por...".

"Espere um instante", interrompeu ele, "ainda não terminamos. Faltam os livros."

Sua voz sugeria uma obstinação meio cômica; como alguém que está determinado, a despeito de sua própria indiferença diante da tarefa, a fazer dela um serviço perfeito.

Ele abriu uma porta e me convidou a entrar numa saleta, ou melhor, num escritório; pois a mesa cheia de papéis e as paredes forradas de livros de contabilidade indicavam o recinto em que negócios são efetuados pelo dono de uma propriedade rural. Havia almofadas e pincéis a título de ornamento; e havia, sobretudo, animais mortos, erguendo patas inertes e sorrindo, com línguas de gesso, de cima de vários suportes e caixas.

"Estes remontam a uma época anterior aos quadros"; disse ele, enquanto se inclinava para levantar, com alguma dificuldade, um pacote grande de papéis amarelados. Eles não estavam encadernados, nem reunidos de alguma forma, a não ser por uma fita grossa de seda verde com barras nas duas pontas; tal como se faz para atar maços de documentos engordurados – contas de açougue e recibos do ano. "Este é o primeiro lote", disse ele passando as folhas como se fosse um baralho; "este é o n. 1: 1480 a 1550." Suspirei, como qualquer um pode calcular: mas a voz comedida de Martyn me fez lembrar que o entusiasmo estava, aqui, fora de lugar; de fato, o entusiasmo começava a parecer um artigo muito barato quando contrastado com a coisa genuína.

"Ah, de fato; isso é muito interessante; posso dar uma olhada?" foi tudo o que eu disse, embora minha indisciplinada mão tivesse tremido um pouco quando o maço foi descuidadamente depositado nela. O sr. Martyn, na verdade, dispôs-se a pegar um espanador antes que minha pele branca fosse profanada; mas assegurei-lhe que não tinha importância, com demasiada ansiedade, talvez, porque eu temia que pudesse haver alguma razão mais substancial pela qual eu não deveria segurar esses preciosos papéis.

Enquanto ele se inclinava à frente de uma estante de livros, dei uma olhada rápida na primeira inscrição no pergaminho. "O Diário da senhora Joan Martyn", soletrei, "mantido por ela na casa de Martyn, no condado de Norfolk, ano da graça de 1480."

"O diário de minha antepassada Joan", interrompeu Martyn, virando-se com o braço cheio de livros. "Ela deve ter sido uma velha estranha. Eu mesmo nunca consegui manter um diário. Nunca passava, a cada ano, de 10 de fevereiro, embora tentasse várias vezes. Mas eis aqui, a senhora pode ver", ele inclinou-se à minha frente, virando as páginas e apontando com o dedo, "eis aqui janeiro, fevereiro, março, abril — e assim por diante — os doze meses inteiros."

"O senhor o leu, então?", perguntei, supondo, ou melhor, desejando que ele dissesse não.

"Ah, sim, já li"; observou ele, ao acaso, como se isso não passasse de uma simples tarefa. Levei um tempo para me acostumar com a letra, e a ortografia da velha garota é estranha. Mas há algumas coisas estranhas nele. De um jeito ou outro, aprendi com ela um bocado sobre a terra." Ele deu uma batidinha no diário, meditativamente.

"O senhor também conhece a história dela?", perguntei.

"Joan Martyn", começou ele com voz de locutor, "nasceu em 1495. Era filha de Giles Martyn. Era a única filha mulher. Mas ele tinha três filhos homens; nós sempre temos filhos homens. Ela escreveu este diário quando tinha vinte e cinco anos. Morou aqui a vida toda — nunca se casou. Na verdade, morreu quando tinha trinta anos. Atrevo-me a dizer que a senhora poderia ver seu túmulo lá adiante com o resto deles."

"Já este", disse ele tocando num livro grosso encadernado em pergaminho, "é, em minha opinião, mais interessante. Este é o livro das contas domésticas de Jasper relativo ao ano de 1583. Veja como o velho cavalheiro cuidava de suas contas; o que comem e bebem; quanto custam a carne e o pão e o vinho; quantos criados ele tinha – seus cavalos, carruagens, camas, móveis, tudo. É o que se pode chamar de método. Tenho um conjunto de dez desses livros." Falava deles com um orgulho maior do que aquele que até então demonstrara ao falar a respeito de qualquer de suas posses.

"Este também é uma boa leitura para uma noite de inverno", continuou ele, "este é o registro genealógico dos cavalos de Willoughby; a senhora deve se lembrar de Willoughby."

"Aquele que comprou o cavalo do Duque e morreu de varíola", repeti sem hesitação.

"Isso mesmo", anuiu ele. "Agora isto é realmente coisa fina." Ele continuava, feito um entendido que estivesse falando de alguma marca favorita de vinho do Porto. "Este eu não venderia nem por 20 libras. Aqui estão os nomes, as linhagens, as vidas, os valores, os descendentes; tudo detalhado como uma bíblia." Ele fazia alguns dos estranhos e antigos nomes desses cavalos mortos rolarem na língua saboreando-lhes o som como se fosse vinho. "Pergunte à minha mulher se não consigo nomeá-los todos sem a ajuda do livro", riu-se ele, fechando cuidadosamente o livro antes de devolvê-lo à estante.

"Esses são os livros da herdade; eles se estendem até o presente ano; ali está o último deles. Aqui está a história de nossa família." Ele desenrolou uma longa tira de pergaminho na qual uma elaborada árvore genealógica fora gravada, com muitos floreios e extravagâncias já esmaecidos, saídos de alguma pena medieval. Os ramos, em degraus, se espalhavam tanto que eram inexoravelmente cortados pelos limites da folha – um marido pendurando-se, por exemplo, com uma família de dez crianças e sem esposa. Tinta fresca no final dos ramos registrava os nomes de Jasper Martyn, meu anfitrião, e de sua esposa, Elizabeth Clay; eles tinham três filhos homens. O dedo dele descia sagazmente pela árvore, como se ele estivesse tão acostumado com essa ocupação que quase se podia confiar que ele poderia fazê-la sozinho. A voz de Martyn continuava a murmurar como se ela repetisse uma lista de santos e virtudes em alguma monótona prece.

"Sim", concluiu ele, enrolando a folha e pondo-a de lado, "acho que gosto mais desses dois. Eu poderia recitá-los por inteiro com os olhos fechados. Cavalos ou avôs!".

"O senhor, então, estuda muito aqui?", perguntei, um tanto intrigada por esse estranho homem.

"Não tenho tempo para o estudo", replicou ele, um tanto rispidamente, como se o fazendeiro tivesse, diante da minha pergunta, emergido nele. "Gosto de ler alguma coisa fácil nas noites de inverno; e de manhã também, se acordo cedo. Às vezes eu os deixo ao lado da cama. Digo a eles para me mandarem dormir. É fácil saber os nomes de nossa própria família. Eles vêm naturalmente. Mas nunca fui muito bom em aprender nos livros, o que é uma pena."

Pedindo-me permissão, ele acendeu um cachimbo e começou a soltar grandes espirais de fumaça enquanto punha em ordem os volumes à sua frente. Mas mantive o n. 1, o maço de folhas de pergaminho, em minha mão, e ele não pareceu dar por sua falta dentre os demais.

"O senhor ficaria triste, ouso perguntar, de se desfazer de qualquer um deles?", arrisquei-me, por fim, disfarçando minha real ansiedade com uma tentativa de riso.

"Desfazer-me deles?", replicou ele, "por qual razão me desfaria deles?" A ideia era evidentemente tão remota que minha pergunta não provocara, como eu temia, suas suspeitas.

"Não, não", continuou ele, "considero-os demasiado úteis para chegar a isso. Ora, madame, esses papéis velhos serviram, antes, para defender meus direitos num tribunal; além disso, um homem gosta de manter sua família à sua volta; eu me sentiria... bem, um tanto só, se é que me entende, sem meus avôs e minhas avós, e meus tios e minhas tias." Ele falava como se estivesse confessando uma fraqueza.

"Oh", disse eu, "entendo perfeitamente –"

"Ouso dizer, madame, que a senhora tem o mesmo sentimento, e, aqui, num lugar solitário como este, companhia significa mais do que a senhora poderia justamente acreditar. Penso, muitas vezes, que não saberia como passar o tempo se não fosse por meus parentes."

Nenhuma palavra minha nem qualquer tentativa de transmitir suas palavras pode dar a curiosa impressão, que ele dava ao falar, de que todos esses "parentes", os avôs do tempo de Elizabeth, e, mais ainda, as avós do tempo de Edward IV, estavam apenas, por assim dizer, matutando na virada da esquina; não havia nada do orgulho da "ancestralidade" em sua voz mas simplesmente a afeição de um filho por seus pais. Todas as gerações pareciam banhadas em sua mente pela mesma clara e uniforme luz: não era precisamente a luz dos dias de agora, mas certamente tampouco era o que em geral chamamos de luz do passado. E não era romântica, era muito sóbria e muito ampla, e as imagens se destacavam sob ela, sólidas e capazes, com uma grande semelhança, suspeito, com o que elas foram em carne e osso.

Realmente não era preciso nenhum esforço da imaginação para perceber que Jasper Martyn podia chegar de sua fazenda e seus campos e sentar-se aqui, sozinho, para uma confortável bisbilhotice com seus "parentes"; sempre que quisesse; e que suas vozes eram quase tão audíveis quanto as dos trabalhadores do campo lá embaixo, que chegavam flutuando, pela janela aberta, sobre a suave e vespertina luz do sol.

Mas minha intenção original de perguntar se ele venderia os papéis quase me fez corar quando, agora, me lembrei dela: tão irrelevante e tão impertinente. E, além disso, por estranho que possa parecer, eu perdera momentaneamente meu próprio zelo de antiquária; todo o meu gosto pelas coisas antigas e pelas pequenas e distintivas marcas do tempo me abandonara, porque elas pareciam ser os acidentes triviais e inteiramente imateriais de coisas grandes e substanciais. Realmente não havia nenhum escopo para o engenho do antiquário no caso dos ancestrais do sr. Martyn, tal como não havia necessidade de um antiquário para expor a história do próprio homem.

Eles são, ele teria me dito, inteiramente carne e osso como eu; e o fato de estarem mortos por quatro ou cinco séculos simplesmente não faz a menor diferença para eles, do mesmo modo que o vidro que se põe sobre uma tela não altera a pintura debaixo dele.

Mas, por outro lado, se parecia inoportuno comprar, parecia natural, ainda que talvez um pouco simplório, tomar emprestado.

"Bem, sr. Martyn", disse eu, finalmente, com menos avidez e menos apreensão do que poderia ter julgado possível dadas as circunstâncias, "estou pensando em ficar uma semana, mais ou menos, na vizinhança – no Swan, em Gartham, na verdade – eu ficaria muito grata se o senhor me emprestasse esses papéis para examiná-los durante a minha estada. Aqui está o meu cartão. O sr. Lathom (o grande senhor de terras do local) pode informá-lo a meu respeito." O instinto me dizia que o sr. Martyn não era homem de confiar nos benevolentes impulsos de seu coração.

"Oh, minha senhora, não precisa se incomodar com isso", disse ele, sem muito cuidado, como se meu pedido não tivesse importância suficiente para precisar de seu escrutínio. "Se esses papéis velhos lhe agradam, eles estão à sua disposição." Ele pareceu, entretanto, um tanto surpreso, de modo que acrescentei: "Tenho grande interesse em histórias de família, mesmo que não seja da minha própria família".

"É bem divertido, ouso dizer, quando se tem tempo para isso", concordou ele, polidamente; mas penso que sua opinião sobre minha inteligência tinha piorado.

"Qual você prefere?", perguntou ele, estendendo a mão para pegar os livros de Jasper sobre a vida doméstica; e o livro de Willoughby sobre a criação de cavalos.

"Bem, acho que vou começar com a sua antepassada Joan", disse eu; "gosto de começar pelo começo."

"Oh, muito bem", disse ele, sorrindo; "embora eu ache que a senhora não irá encontrar nela nada fora do comum; ela era, em grande medida, igual ao resto de nós – tanto quanto posso ver, nada notável..."

De qualquer maneira, saí de lá com a vovó Joan embaixo do braço; Betty insistiu em embrulhá-la em papel pardo para disfarçar a natureza estranha do pacote, pois me neguei a deixar que o enviassem, como queriam, pelo garoto que entregava as cartas de bicicleta.

[1]

A situação da época que, diz minha mãe, é menos segura e menos tranquila do que quando ela era menina, nos obriga a nos mantermos a maior parte do tempo dentro dos limites de nossas próprias terras. De fato, depois do anoitecer, e o sol se põe terrivelmente cedo em janeiro, temos que nos manter seguros por detrás dos portões da casa; minha mãe sai para o pátio, com suas volumosas chaves no braço, assim que o anoitecer faz com que seu bordado fique escuro demais para ser visto. "Estão todos dentro de casa?", grita ela, fazendo as sinetas soarem forte na estrada, caso algum de nossos homens ainda esteja trabalhando nos campos. Então ela fecha os portões, tranca-os com o ferrolho, e o mundo inteiro é isolado de nós. Sou muito ousada e impaciente às vezes, quando a lua surge sobre uma terra cintilante de geada; e acho que sinto a pressão de todo este lugar livre e belo – de toda a Inglaterra e do mar e das terras de além – flutuando como as ondas do mar, contra nossos portões de ferro, rebentando e recuando – e rebentando de novo – durante toda a longa e negra noite. Uma vez pulei da cama e corri para o quarto de mamãe, gritando: "Deixem que entrem. Deixem que entrem! Estamos morrendo de fome!". "Os soldados estão lá, filha", gritou ela, "ou é a voz de teu pai?" Ela correu para a janela e juntas passamos os olhos pelos campos prateados e tudo estava calmo. Mas eu não conseguia explicar o que tinha ouvido; e ela me mandou que eu fosse dormir e que fosse grata por haver fortes portões entre mim e o mundo.

Mas em outras noites, quando o vento está furioso e a lua afunda sob nuvens apressadas, fico feliz por ficar perto do fogo e pensar que todos esses homens maus que ficam à espreita nas vielas e se escondem nos bosques nesta hora da noite não conseguem, por mais que tentem, transpor nossos enormes portões. A última noite foi uma noite dessas; elas ocorrem, com frequência, no inverno, quando papai está fora, em Londres, meus irmãos estão no exército, exceto o pequeno, Jeremy, e mamãe tem que administrar a fazenda, e dar ordens aos criados, e certificar-se de que todos os nossos direitos estejam assegurados. Não podemos acender as velas depois que o sino da igreja bateu oito vezes, e assim nos sentamos ao redor das toras, com o padre, John Sandys, e um ou dois dos criados que dormem conosco na casa. Então a mamãe, que não consegue ficar parada nem mesmo à luz do fogo, enrola a lã para o seu tricô, sentando-se na cadeira grande junto à boca da lareira. Quando a lã fica emaranhada ela dá uma batida forte com a vareta de ferro e faz as chamas e centelhas jorrarem em chuviscos; ela inclina a cabeça por entre a luz âmbar deixando ver que nobre mulher ela é, a despeito da idade — ela tem mais de quarenta — e os vincos que o excesso de preocupação e vigilância deixaram em sua fronte. Ela usa uma bela touca de linho, perfeitamente ajustada à forma de sua cabeça, e os olhos são profundos e severos, e as faces são coloridas como uma saudável maçã de inverno. É uma coisa maravilhosa ser filha de uma mulher assim, e ter a esperança de que um dia o mesmo poder possa ser meu. Ela nos governa a todos.

Sir John Sandys, o padre, é, apesar de todo o seu ofício sagrado, criado de minha mãe; e faz o desejo dela simples e lamuriosamente, e nunca se mostra mais feliz do que quando ela lhe pede conselho, e acaba seguindo o dela. Mas ela me repreenderia fortemente se alguma vez eu murmurasse uma coisa dessas: pois ela é a filha fiel da Igreja, e reverencia seu padre. De novo, há o William e a Anne, os criados que nos fazem companhia, porque são tão idosos que mamãe quer que eles compartilhem nossa lareira. Mas o William é tão velho, tão curvado pela faina de cavar e plantar, tão machucado e alquebrado pelo sol e pelo vento, que se poderia convidar igualmente o salgueiro desgalhado do charco para partilhar nossa lareira ou participar de nossa conversa. Ainda assim, sua memória retrocede muito no tempo, e se ele pudesse nos falar, como às vezes ele tenta, das coisas que ele viu em sua época, seria curioso ouvi-lo. A velha Anne foi a ama de mamãe; foi a minha ama; e ainda remenda nossas roupas, e sabe mais sobre as coisas domésticas do que qualquer outra pessoa exceto mamãe. Ela lhe contará ainda a história de cada cadeira e de cada mesa ou de qualquer peça da tapeçaria da casa; mas, acima de tudo, ela gosta de discutir com mamãe e Sir John sobre com qual homem seria mais apropriado eu me casar.

Enquanto a luz for suficiente é meu dever ler em voz alta – porque sou a única que sabe ler, embora mamãe saiba escrever e soletrar as palavras melhor que o costume de sua época, e papai me enviou um manuscrito de Londres chamado *O palácio de vidro*, de autoria do sr. John Lydgate. É um poema sobre Helena e o cerco de Troia.

Na última noite li a passagem sobre Helena e sua beleza e seus pretendentes e a bela cidade de Troia, e eles ouviram em silêncio; pois embora nenhum de nós saiba onde ficam esses lugares, percebemos muito bem como eles devem ter sido; e podemos chorar pelos sofrimentos dos soldados, e podemos imaginar a própria e majestosa mulher, que deve ter sido, acho eu, um pouco parecida com mamãe. Mamãe bate os pés no chão e vê procissões inteiras passando, percebo eu, pelo jeito como seus olhos brilham e sua cabeça balança. "Deve ter sido na Cornualha", disse Sir John, "onde o Rei Artur vivia com seus cavaleiros. Lembro-me de histórias sobre todo os seus feitos, que eu poderia contar para vocês, mas minha memória está embotada."

"Ah, mas também há belas histórias sobre os nórdicos", interrompeu Anne, cuja mãe era daqueles lados; "mas essas eu recitei muitas vezes para o meu senhor e também para você, srta. Joan."

"Continue lendo, Joan, enquanto temos luz", ordenou mamãe. De fato, de todos eles, penso eu, ela era quem ouvia mais atentamente, e quem ficava mais irritada quando soava o toque de recolher que vinha do sino da igreja ali perto. Ela se considerava, entretanto, uma velha tola por ficar ouvindo histórias quando ainda tinha de fechar as contas para papai em Londres.

Quando a luz se apaga e eu não consigo mais enxergar para poder ler, eles começam a falar da situação do país; e a contar histórias terríveis sobre as tramas e as batalhas e as sangrentas ações que se passam em toda a nossa volta. Mas tanto quanto sei, agora não estamos pior do que sempre estivemos; e nós em Norfolk, hoje, estamos quase na mesma situação em que estivemos nos dias de Helena, onde quer que ela possa ter vivido. Jane Moryson não foi ceifada na véspera do casamento há pouco, no ano passado?

Mas, de qualquer maneira, a história de Helena é antiga; mamãe diz que aconteceu muito antes de seu tempo; e esses roubos e essas queimadas se passam no presente. Assim a conversa faz com que eu, e Jeremy também, comecemos a tremer e a pensar que cada ruído no portão seja o aríete de algum salteador errante. É muito pior, entretanto, quando chega a hora de ir para a cama e o fogo vai se apagando e temos que andar às palpadelas para subir as longas escadas e seguir pelos corredores onde as janelas jorram o cinza e assim entrar em nossos quartos frios. A janela do meu quarto está quebrada e foi tapada com palha, mas as rajadas de vento entram e levantam a tapeçaria da parede ao ponto de eu pensar que cavalos e homens com armaduras estão se arremetendo contra mim. Minha oração da noite passada pedia que os portões resistissem e todos os ladrões e assassinos nos ignorassem.

[2]

A alvorada, mesmo quando está frio e triste, nunca deixa de atravessar meus membros feito flechas de gelo cintilantes e penetrantes. Puxo as grossas cortinas para o lado e busco o primeiro brilho no céu que mostre que a vida está irrompendo. E com o rosto contra a vidraça gosto de imaginar que estou pressionando tão estreitamente quanto posso a sólida barreira do tempo, que está incessantemente se elevando e se deslocando e introduzindo novos intervalos de vida sobre nós. Que toque a mim saborear o momento antes que ele se espalhe pelo resto do mundo! Deixem-me provar o que há de mais novo e de mais fresco. Da minha janela contemplo o cemitério da igreja, onde tantos de meus ancestrais estão enterrados, e em minha prece me apiedo daqueles pobres homens mortos que se debatem perpetuamente sobre as antigas e recorrentes águas; pois eu os vejo circulando e movendo-se em redemoinho sobre uma pálida maré. Que nós, pois, que temos a dádiva do tempo presente, façamos uso dele e dele tiremos proveito: Isso, confesso, faz parte da minha prece matinal.

Choveu o tempo todo hoje, de modo que tive que passar a manhã com a minha costura. Mamãe estava escrevendo uma carta ao papai que John Ashe levará com ele a Londres na próxima semana. Meus pensamentos naturalmente se concentraram nessa viagem e na grande cidade que talvez eu nunca verei embora sonhe o tempo todo com ela. Parte-se de madrugada; pois é bom que se passe poucas noites na estrada. John viaja com três outros homens, em direção ao mesmo lugar; e muitas vezes acompanhei sua partida e desejei cavalgar junto com eles. Eles se reúnem no pátio, enquanto as estrelas ainda estão no céu; e as pessoas da vizinhança vêm para fora enroladas em capotes e roupas estranhas, e mamãe sai com uma caneca de cerveja forte para cada viajante; e lhes dá de sua própria mão. Seus cavalos estão carregados de pacotes na frente e atrás mas não ao ponto de impedi-los, se necessário, de se porem em marcha a galope; e os homens estão bem armados e rigorosamente vestidos em roupas forradas de pele, pois os dias de inverno são curtos e frios e talvez eles tenham que dormir embaixo de uma sebe. É uma vista imponente na madrugada; pois os cavalos rangem os dentes e se agitam à espera da partida; as pessoas se juntam ao redor. Elas desejam a proteção de Deus e passam suas últimas mensagens a amigos em Londres; e quando o relógio bate as quatro horas eles se viram, saúdam a mamãe e o resto das pessoas e se dirigem decididamente para a estrada. Muitos homens e também mulheres jovens os acompanham por alguns passos enquanto a neblina não se interpõe entre eles, pois com frequências os homens que partem assim em viagem na madrugada nunca mais voltam para casa cavalgando.

Imagino-os cavalgando o dia todo pelas estradas alvejadas e os vejo descer dos cavalos no santuário de Nossa Senhora para prestar-lhe homenagem e implorar-lhe por uma viagem segura. Não há senão uma estrada, e ela passa por vastas terras onde não mora ninguém a não ser os que mataram ou roubaram; pois eles não moram com os outros nas vilas, devendo passar a vida com os animais selvagens que também matam e mordem a roupa pelas costas. É uma cavalgada assustadora; mas, para falar a verdade, acho que me agradaria ir por esse caminho uma vez e atravessar a terra como um navio no mar.

Ao meio-dia eles chegam a uma estalagem − pois há estalagens nas quais o viajante pode descansar em segurança em todos os trechos da viagem a Londres. O estalajadeiro dará informações sobre o estado da estrada e fará perguntas sobre seus percalços de modo que ele possa prevenir outros que viajem pelo mesmo caminho. Mas é preciso se apressar para chegar à sua pousada antes que a escuridão deixe à solta todas aquelas ferozes criaturas que se mantiveram escondidas durante o dia. John muitas vezes me disse como, à medida que o sol desce do céu, o silêncio paira sobre o grupo e cada homem mantém sua arma suspensa sob a mão, e até mesmo os cavalos ficam de orelha em pé e não precisam ser apressados.

Chega-se ao topo da estrada e se olha com medo para baixo, temendo que algo se mexa à sombra dos abetos à beira do caminho. E então Robin, o divertido moleiro, entoa aos berros o trecho de uma canção, e eles se animam e descem corajosamente a colina, conversando para que o profundo sopro do vento, como se de uma mulher que suspira profundamente, não possa infundir o pânico em seus corações. Então alguém se ergue em seu estribo e vê bem longe a centelha de uma pousada à beira da terra. E se Nossa Senhora lhes for misericordiosa eles chegam a ela com segurança enquanto nós, em casa, nos ajoelhamos rezando por eles.

[3]

Mamãe me tirou do livro que eu estava lendo esta manhã para falar com ela em seu quarto. Encontrei-a na saleta em que papai costuma se sentar, quando está em casa, com os anais da herdade e outros papéis legais à sua frente. É aqui que ela se senta quando tem tarefas a cumprir no papel de chefe da casa. Fiz-lhe uma profunda vênia, julgando que adivinhava por que ela me chamara.

Ela tinha uma folha estendida à sua frente, coberta com uma letra apertada. Ela mandou que a lesse; e então antes de eu ter o papel na mão ela gritou: "Não — eu mesma vou lhe contar".

"Minha filha", começou ela, solenemente, "está na hora de você se casar. Foi mesmo apenas a situação turbulenta das terras" — ela suspirou — "e nossas próprias perplexidades que atrasaram a questão por tanto tempo?"

"Você dá muita importância ao casamento?", perguntou ela, olhando para mim, meio que sorrindo.

"Não tenho nenhuma intenção de deixá-la", disse eu. "Ora, minha filha, você fala como uma criancinha", riu-se ela, embora eu pense que ela tenha ficado bem satisfeita com minha afeição.

"E além disso, se você se casasse como eu gostaria" – ela deu um tapinha no papel – "você não iria para muito longe de mim. Você poderia, por exemplo, administrar as terras de Kirflings – suas terras ficariam encostadas às nossas. Você seria uma boa vizinha. O dono de Kirflings é Sir Amyas Bigod, um homem de nome tradicional."

"Penso que se trata de um casamento conveniente; como o que uma mãe pode desejar para sua filha", devaneou ela, sempre com a folha à sua frente.

Como eu tinha visto Sir Amyas apenas uma vez, quando ele voltou para casa com papai depois das assembleias em Norwich, e como naquela ocasião minha única conversa com ele foi para convidá-lo formalmente, com uma reverência, a beber o vinho seco que ofereci, eu não podia pretender acrescentar nada ao que mamãe dissera. Tudo o que eu sabia era que ele tinha um rosto bonito, sério; e se o cabelo era grisalho, não era tão grisalho quanto o de papai, e suas terras confinavam com as nossas, de modo que podíamos muito bem morar felizes juntos.

"O casamento, como você sabe, minha filha", continuou mamãe, "é uma grande honra e um grande ônus. Se você se casar com um homem como Sir Amyas você se torna não apenas a dona de sua casa, e isso é muito, mas a dona de sua linhagem para todo o sempre, e isso é muito mais. Não falaremos do amor – tal como aquele de que fala seu autor de canções, como uma paixão e um fogo e uma loucura."

"Oh, ele é apenas um contador de histórias, mamãe", disse eu, interrompendo.

"E essas coisas não se encontram na vida real; ao menos, penso, não com muita frequência." Mamãe costumava refletir seriamente à medida que falava.

"Mas isso está fora de questão. Eis aqui, minha filha", e ela estendeu o papel à sua frente, "um escrito de Sir Amyas para seu pai; ele pede a sua mão e quer saber se há outras propostas para você e que dote nós lhe daremos. Ele nos diz o que será dado da parte dele. Agora lhe entrego este papel para que você mesmo o leia; para que avalie se essa troca lhe parece justa."

Eu já sabia que terras e soma de dinheiro eu tinha de minha parte; e sabia que, como a única filha de papai, meu dote não era nada desprezível.

Assim, para poder continuar nesta região que amo e morar perto de mamãe, aceitaria receber menos do que é meu direito tanto de dinheiro quanto de terras. Mas tal era o peso do acordo que senti como se vários anos tivessem sido somados à minha idade quando mamãe me passou o rolo de papel. Ouvi, desde criança, meus pais falarem sobre o meu casamento; e sei que durante os dois ou três últimos anos houve vários contratos quase concretizados que no fim deram em nada. Estou, entretanto, perdendo minha juventude, e está mais do que na hora de que um contrato seja levado a termo.

Pensei, naturalmente, por um bom tempo, até a sineta do almoço soar, de fato, ao meio-dia, na honra e no ônus geral, como diz mamãe, do casamento. Nenhum outro evento na vida de uma mulher consegue produzir uma mudança tão grande; pois de uma sombra fugaz e desconsiderada dentro da casa de seu pai, o casamento de repente faz dela um corpo sólido, com uma relevância que as pessoas são obrigadas a ver e à qual devem dar passagem. Isto é, claro, se seu casamento for adequado. E, assim, cada donzela espera essa mudança com ansiedade e espanto; pois isso provará se ela será uma mulher honrável e respeitável para sempre, como mamãe; ou mostrará que ela não tem importância nem valor. Seja neste ou no próximo mundo.

E, se eu me casar bem, o peso de um grande nome e das grandes terras cairá sobre mim; muitos criados me chamarão de senhora; serei mãe de filhos homens; na ausência de meu marido controlarei seu pessoal, tomando conta dos rebanhos e das colheitas e vigiando seus inimigos; dentro de casa acumularei roupas de cama e mesa refinadas, e meus armários estarão cheios de especiarias e conservas; graças ao trabalho de minha agulha tudo que estiver gasto pelo tempo e pelo uso será consertado e renovado de modo que à minha morte minha filha encontrará seus armários mais bem provido de trajes finos do que quando eu os encontrei. E, quando eu morrer, as pessoas do campo passarão por três dias diante do meu corpo, rezando e falando bem de mim, e por escolha de meus filhos o padre celebrará uma missa pela minha alma e velas arderão na igreja para todo o sempre.

[4]

Fui interrompida no meio dessas reflexões, primeiro, pela sineta do almoço; e não se deve chegar com atraso para não interferir na oração de graças de Sir John, o que significa ficar sem pudim; e depois, quando eu poderia me imaginar melhor na posição de uma mulher casada,

Jeremy, meu irmão, insistiu para que saíssemos para uma caminhada com Anthony, o administrador-mor de papai – depois de mamãe, claro. Ele é um homem grosseiro, mas gosto dele porque é um criado fiel e sabe tanto sobre terras e ovelhas como qualquer homem em Norfolk. Foi ele quem quebrou a cabeça de Lancelot na última festa de São Miguel por ele ter usado linguagem imprópria com mamãe. Ele está o tempo todo percorrendo os nossos campos e os conhece melhor e os ama mais, é o que lhe digo, do que qualquer outro ser humano. Ele está casado com este pedaço de terra e nela vê mil encantos e dons, tal como o homem comum vê em sua esposa. E, como temos andado a trote ao seu lado desde que conseguimos andar, algo de sua afeição se tornou nossa também; Norfolk, junto com a paróquia de Long Winton em Norfolk, é para mim o que minha própria avó é; um antepassado carinhoso, querido e familiar e silencioso, ao qual retornarei com o tempo. Oh, quão ditoso seria nunca se casar ou envelhecer; e, em vez disso, passar a vida inocente e indiferentemente entre as árvores e os rios que, só eles, podem nos manter serenos e inocentes em meio aos transtornos do mundo! O casamento ou qualquer outra grande alegria desconcertaria a visão clara que ainda é a minha. E, diante do pensamento de perder isso, gritei em meu coração: "Não, nunca a deixarei por um marido ou um amante"; e imediatamente comecei a caçar coelhos na charneca com Jeremy e os cães.

Era uma tarde fria, mas brilhante; como se o sol fosse feito de gelo reluzente, e não de fogo; e seus raios fossem longos pingentes de gelo que se estendem do céu à terra. Eles estilhaçavam em nosso rosto e iam resplandecer ao longo do charco. E o campo inteiro parecia vazio, a não ser por uns poucos e ágeis coelhos, mas muito castos e muito alegres em sua solidão. Corríamos para nos manter aquecidos e tagarelávamos quando o sangue disparava efervescente por nossos membros. Anthony ia em frente, majestoso, como se suas passadas fossem a melhor coisa do mundo contra o frio. Quando dávamos com uma sebe rompida ou uma armadilha preparada para um coelho, ele, com certeza, tirava as luvas, ajoelhava-se e examinava como se fosse um dia de pleno verão. Certa vez demos com um homem estranho, caminhando encurvado ao longo da estrada, vestido de um verde-ferrugem, com a aparência de quem não sabe qual caminho tomar. Anthony pegou firmemente a minha mão; é um homem do Santuário, disse ele, perambulando fora dos limites em busca de comida. Ele roubou ou matou, ou talvez fosse apenas um devedor. Jeremy jurou que viu sangue em suas mãos: mas Jeremy é um garoto e gostaria de defender nós todos com seu arco e suas flechas.

Anthony tinha algum negócio num dos casebres, e nós entramos com ele por causa do frio. Mas, na verdade, mal podia suportar o calor e o cheiro. Beatrice Somers e o marido, Peter, moram aqui, e eles têm filhos; mas era mais como a toca de algum coelho no matagal do que a casa de um homem. O teto era de galhos secos e palha; o assoalho, desprovido de grama ou flores, não passava de terra batida; gravetos queimavam no canto, expelindo uma fumaça que fazia arder nossos olhos. Não havia mais que um toco de madeira podre no qual se sentava uma mulher amamentando um bebê. Ela olhou para nós, não com medo, mas com uma desconfiança e uma aversão que estavam estampados em seus olhos; e ela abraçou a criança mais estreitamente. Anthony dirigiu-se a ela como teria se dirigido a algum animal que tivesse garras fortes e olhos ferinos: ele ficou em pé à sua frente e sua grande bota parecia pronta a esmagá-la. Mas ela não se mexeu nem falou; e tenho dúvidas se ela era capaz de falar ou se rosnar e urrar era sua única língua.

Do lado de fora encontramos Peter que voltava do charco, e embora tenha levado a mão à testa à guisa de saudação, ele não parecia ter mais sentimento humano que sua mulher. Ele olhou para nós e pareceu fascinado por uma capa colorida que eu vestia; e então ele se enfiou em sua toca para se deitar na terra, suponho, enrolado em samambaia seca até de manhã. Essas são as pessoas que devemos subjugar; e calcá-las aos pés e açoitá-las para obrigá-las a fazerem o único trabalho de que são capazes; enquanto elas nos farão em pedaços com suas presas. Assim falava Anthony enquanto nos levava embora, e então ele cerrou os punhos e contraiu os lábios como se já estivesse atirando ao chão essa gente pobre e miserável. Contudo a visão daquele rosto feio estragou o resto do passeio; pois se tinha a impressão de que até mesmo a minha querida terra produzia pragas como essas. Eu via esses olhos me fitando das moitas de tojo e do emaranhado da vegetação rasteira.

Foi como despertar de um pesadelo e entrar no nosso próprio e limpo salão, no qual as toras ardiam ordenadamente na lareira grande e o carvalho brilhava; e mamãe desceu a escadaria em seu rico vestido, com linho impecável cobrindo a cabeça. Mas algumas das rugas no rosto e algo da aspereza na voz surgiram ali, pensei de repente, porque ela sempre vira, não longe dela, cenas como as que eu vira hoje.

[5]

Maio

A primavera que agora chegara significa mais que o simples nascimento de plantas brotando; pois mais uma vez a corrente de vida que circula à volta da Inglaterra se liquidifica de seu gelo invernal, e sentimos, em nossa pequena ilha, a maré batendo em nossas praias. Faz uma ou duas semanas que viandantes estranhos, os quais podem ser peregrinos e mascates ou então cavalheiros viajando em grupos para Londres ou para o Norte, têm sido visto nas estradas. E nesta estação do ano a mente se torna ávida e esperançosa ainda que o corpo deva permanecer imóvel. Pois tal como os fins de tarde se alongam e uma nova luz parece jorrar do Ocidente assim também podemos imaginar que uma luz nova e mais clara esteja se espalhando pela terra; e podemos senti-la batendo em nossas pálpebras enquanto caminhamos ou fazemos nosso bordado.

No meio dessa agitação e desse tumulto, numa brilhante manhã de maio, vimos o vulto de um homem indo pela estrada, andando ligeiro e movendo os braços como se estivesse conversando com o ar. Ele tinha um alforje grande nas costas, e vimos que segurava um volumoso livro de pergaminho numa mão ao qual, de vez em quando, dava uma olhada: e o tempo todo ele gritava certas palavras numa espécie de compasso com os pés, e sua voz levantava e baixava, em ameaça ou lamento, até que Jeremy e eu nos afastamos e ficamos bem junto à sebe. Mas ele nos viu; e tirou o boné e fez uma profunda reverência; à qual eu retribuí tão adequadamente quanto pude.

"Madame", disse ele, numa voz que ribombava como um trovão de tempo quente, "posso perguntar se esta é a estrada para Long Winton?"

"É apenas um quilômetro e meio à sua frente, meu senhor", disse eu, e Jeremy apontou, com a bengala, a direção certa da estrada.

"Então, meu senhor", continuou ele, fechando o seu livro, e parecendo, ao mesmo tempo, mais sóbrio e mais consciente do tempo e do lugar, "posso perguntar ainda onde fica a casa na qual eu poderia vender meus livros mais facilmente? Venho de longe, da Cornualha, entoando canções e tentando vender os manuscritos que trago comigo. Meu alforje ainda está cheio. Os tempos não são favoráveis às canções."

Na verdade, o homem, embora de face rosada e de corpo robusto, estava tão malvestido quanto qualquer camponês; e suas botas estavam tão remendadas que caminhar devia ser uma penitência. Mas ele trazia consigo uma espécie de alegria e polidez que era como se a delicada música de suas próprias canções aderisse a ele e o pusesse acima dos pensamentos vulgares.

Puxei meu irmão pelos braços e disse: "Nós mesmos, senhor, somos do casarão, e de bom grado lhe mostraremos o caminho. Terei o prazer de ver os seus livros?". Seus olhos imediatamente perderam a alegria; e ele me perguntou quase severamente: "A senhorita sabe ler?".

"Oh, Joan está sempre com o nariz metido nalgum livro", gritou Jeremy, começando a falar e também me puxando.

"Conte-nos sobre suas viagens, senhor. Já esteve em Londres? Qual é o seu nome?"

"Eu me chamo Richard, senhor", disse o homem, sorrindo. "Sem dúvida, tenho outro nome, mas nunca fiquei sabendo. Sou de Gwithian, que fica na Cornualha; e posso cantar-lhe mais canções de lá, madame, do que qualquer outro homem do ducado real da Cornualha." Ele se voltou para mim e terminou com um floreio da mão na qual segurava o livro. "Aqui, por exemplo – neste pequeno volume, estão todas as histórias dos Cavaleiros da Távola Redonda; escritas pela mão do próprio Mestre Anthony e ilustrado pelos monges de Cam Brea. Dou mais valor a isso do que à minha esposa ou aos meus filhos; pois não os tenho; é carne e bebida para mim, porque me dá comida e pousada por cantar os contos que ele contém; é cavalo e bastão para mim, pois me levou por muitos quilômetros de estradas cansativas; e é a melhor de todas as companhias quando se está na estrada; pois ele sempre tem algo novo para cantar para mim; e fica em silêncio quando quero dormir. Nunca houve livro como esse!"

Era assim que ele falava, de um jeito que eu não ouvira nenhum outro homem falar. Pois, ao falar, ele não parecia dizer exatamente o que pensava e tampouco se importava se o compreendíamos ou não. Mas as palavras lhe pareciam caras, quer ele as pronunciasse a sério ou por gracejo. Chegamos ao nosso pátio, e ele se endireitou e deu uma batidinha nas botas com o lenço; e tentou, de algum jeito, com muitos toques rápidos dos dedos, pôr sua roupa mais em ordem do que estava. Como alguém que se prepara para cantar, ele também deu uma tossidinha para limpar a garganta. Corri para buscar mamãe, que veio devagar e o inspecionou de uma janela superior antes de prometer que ia ouvi-lo.

"Sua sacola está cheia de livros, mamãe", instiguei-a; "ele tem todos os Contos de Artur e a Távola Redonda; atrevo-me a dizer que ele pode nos contar o que foi feito de Helena quando o marido a resgatou. Oh, mamãe, vamos ouvi-lo!"

Ela se riu de minha impaciência; mas me mandou chamar Sir John, pois, afinal, era uma bela manhã.

Quando descemos, o homem, Richard, andava de um lado para o outro, contando suas viagens ao meu irmão; como ele batera na cabeça de um homem e gritara a outro: "'Vamos lá, seu velhaco' e a turma toda fugira como...", neste ponto ele viu mamãe e, como era seu costume, tirou o chapéu com um gesto largo.

"Minha filha me diz que o senhor vem de lugares desconhecidos e sabe cantar. Nós não passamos de gente do interior; e temo, portanto, que estejamos muito pouco familiarizados com os contos de outros lugares. Mas estamos dispostos a escutá-lo. Cante-nos algo de sua terra; e depois, se quiser, poderá se sentar conosco para comer, e ouviremos com prazer as novidades de sua região."

Ela se sentou num banco embaixo do carvalho; e Sir John veio, ofegante, para ficar ao lado dela. Ele mandou que Jeremy abrisse os portões para deixar entrar qualquer um de nosso pessoal que quisesse ouvir. Eles vieram tímida e curiosamente e ficaram pasmados olhando Mestre Richard que, uma vez mais, saudou-lhes abanando o boné.

Ele se postou em cima de uma toiceira de grama; e começou, numa voz alta e melodiosa, a contar a história de Tristão e Isolda.

Ele se desfez de seu jeito alegre e olhou para além de nós todos, com olhos retos e fixos, como se extraísse suas palavras de alguma cena não muito longe dele. E, à medida que a história se tornava mais apaixonada, sua voz se elevava, e seus punhos se fechavam, e ele levantava o pé e esticava os braços para a frente; e, então, quando os amantes se separam, ele parecia ver a dama sumir de sua vista, e seus olhos buscavam cada vez mais longe, até que a visão se desvaneceu, deixando-o de braços vazios. E, então, ele é ferido na Bretanha; e ouve a princesa vindo pelos mares em sua direção.

Mas não consigo contar como se tinha a impressão de que no alto havia um grande número de cavaleiros e damas, que passavam por entre nós, de mãos dadas, murmurando, e sem nos ver; e, depois, os álamos e as faias projetavam silhuetas cinzentas, com joias prateadas, que flutuavam no alto; e, de repente, a manhã estava cheia de sussurros e suspiros e lamentos de amantes.

Mas então a voz cessou; e todas essas silhuetas se retiraram, esmaecendo e arrastando-se pelo céu em direção ao Ocidente onde vivem. E, quando abri os olhos, o homem, e o muro cinza, e as pessoas junto ao portão lentamente começaram a vir à tona, como que do fundo de algum oceano, e se fixaram na superfície, e ali permaneceram, claros e frios.

"Pobres coitados!", disse mamãe.

Entrementes, Richard parecia um homem que deixa algo escapar de seu controle; e combate o vazio. Ele nos olhava, e meio que pensei em estender-lhe a mão; e dizer-lhe que ele estava a salvo. Mas então ele se refez e sorriu como se tivesse motivo para estar satisfeito.

Ele viu o ajuntamento junto ao portão; e começou a cantar uma alegre cantiga sobre uma Donzela Castanha e seu namorado, e eles se riam e batiam os pés.

Então mamãe nos convidou para o almoço; e ela acomodou Mestre Richard à sua direita.

Ele comia como um homem que se alimentasse de bagas e folhas e tomasse água do riacho. E depois que a refeição fora retirada, ele solenemente girou seu alforje para a frente; e dele tirou várias coisas, que pôs em cima da mesa. Havia fivelas e broches e colares de contas; mas havia também muitas folhas de pergaminho costuradas em bloco; mas nenhum deles do tamanho de seu livro. E, então, percebendo meu desejo, ele pôs o precioso volume em minhas mãos e me convidou a olhar suas gravuras. De fato, era um belo trabalho; pois as letras maiúsculas enquadravam céus azuis brilhantes e túnicas douradas; e no meio da escrita surgiam largos espaços coloridos, nos quais se podiam ver príncipes e princesas em desfile e vilas com igrejas no alto de íngremes colinas, e o mar quebrando azul embaixo. Elas eram como pequenos espelhos, equiparadas àquelas visões que eu vira passar no ar, mas aqui elas estavam capturadas e fixadas para sempre.

"E o senhor alguma vez viu panoramas como esses?", perguntei-lhe.

"Eles são para ser vistos pelos que olham", respondeu ele misteriosamente. E tirou o manuscrito de mim e amarrou cuidadosamente as capas ao redor. Ele o pôs contra o peito.

Do lado de fora, estava tão amarelado e rugoso quanto o missal de qualquer padre piedoso; mas, dentro, os brilhantes cavaleiros e damas se moviam, límpidos, à ininterrupta melodia de belas palavras. Era um mundo de fada que ele guardava dentro de seu casaco.

Oferecemos-lhes pousada por uma noite, não, mais que isso, se ele ficasse apenas para cantar para nós novamente. Mas ele ouviu nossas súplicas tanto quanto a coruja na hera, dizendo simplesmente: "Tenho que seguir meu caminho". Ao raiar do dia, ele já tinha deixado a casa, e para nós foi como se algum pássaro estranho tivesse repousado em nosso telhado por um instante e retomado o voo.

[6]

Pleno verão

Chega uma semana, ou talvez apenas um dia, em que o ano parece conscientemente equilibrado em seu apogeu; ele permanece ali imóvel por muito ou pouco tempo, como se em majestosa contemplação, e então baixa lentamente como um monarca descendo de seu trono, e se envolve na escuridão.

Mas imagens são coisas escorregadias!

Neste momento tenho a sensação de quem está suspenso no alto – em regiões tranquilas; na grande costa do mundo. A paz da nação e a prosperidade de nosso próprio cantinho nela – pois papai e meus irmãos estão em casa – fecham um ciclo completo de satisfação; pode-se passar da lisa abóbada do firmamento para o nosso próprio telhado sem cruzar qualquer abismo.

Parecia, assim, ser a época mais adequada para nossa peregrinação de meados do verão ao santuário de Nossa Senhora, em Walsingham; porque tenho este ano, em especial, pelo qual dar graças por tanta coisa, e orar por mais. Meu casamento com Sir Amyas está marcado para 20 de dezembro; e estamos ocupados na sua preparação. Assim, ontem, parti ao raiar do dia e viajei a pé para mostrar que me aproximava do santuário com espírito humilde. E uma boa caminhada é, seguramente, a melhor preparação para os que vão fazer as suas preces!

Comece com o seu espírito renovado como um cavalo tratado a milho; deixe-o empinar e correr, e carregá-lo para lá e para cá. Nada o manterá na estrada; e ele passará o tempo em prados orvalhados e esmagará um milhar de delicadas flores sob suas patas.

Mas o dia vai ficando quente; e você pode levá-lo, ainda com um passo saltitante, de volta ao caminho certo; e ele o carregará, leve e ágil, até que o sol do meio-dia convide-o a descansar. Na verdade, e sem metáforas, a mente passa claramente por todos os labirintos do estagnado espírito quando um enérgico par de pernas a impele; e a criatura se torna ágil com o exercício que ela faz. Suponho, assim, que, durante essas três horas que gastei andando a passos largos pela estrada que leva a Walsingham, eu tenha pensado o bastante por uma semana inteira vivida dentro de casa.

E meu cérebro que era, inicialmente, rápido e alegre, e saltava como uma criança brincando, acomodou-se a tempo, na rodovia, ao trabalho sóbrio, embora estivesse feliz assim. Pois eu pensava nas coisas sérias da vida – tal como a idade e a pobreza e a doença e a morte, e considerava que certamente seria meu destino encontrá-las; e também considerava aquelas alegrias e tristezas que iriam para sempre se perseguir umas às outras ao longo de minha vida. As miudezas não iriam mais me satisfazer ou me importunar como antigamente. Mas embora isso me fizesse sentir séria, eu também sentia que tinha chegado à hora em que esses sentimentos são reais; e, além disso, enquanto caminhava, parecia-me que poderíamos penetrar nesses sentimentos e estudá-los, tanto quanto, de fato, eu entrara num amplo espaço dentro das capas do manuscrito de Mestre Richard.

Eu os via como sólidos globos de cristal, circundando uma bola de terra e ar coloridos, na qual homens e mulheres minúsculos trabalhavam, como que sob a abóbada do próprio céu.

Walsingham, como todo mundo sabe, não passa de um vilarejo no topo de uma colina. Mas à medida que nos aproximamos dele, através de uma planície que está coberta de verde, vemos, por algum tempo, esse terreno elevado erguendo-se acima de nós, antes de chegarmos lá. O sol do meio-dia iluminava todos os verdes e azuis suaves do terreno pantanoso; e dava a impressão de que estávamos passando por uma terra amena e exuberante, que brilhava como um livro ilustrado, indo em direção a um pico rígido, onde a luz incidia sobre algo que apontava para cima e que era pálido como um osso.

Por fim, atingi o topo da colina, juntando-me a uma torrente de outros peregrinos, e nos apertamos as mãos para mostrar que viemos humildemente como seres humanos e percorremos os últimos passos da estrada juntos, cantando nosso *Miserere*.

Havia homens e mulheres, e aleijados e cegos; e alguns esfarrapados, e alguns tinham vindo a cavalo; confesso que meus olhos curiosamente buscavam seus rostos e pensei desesperadamente por um instante que era terrível que a carne e o charco nos dividissem. Eles teriam histórias estranhas, divertidas, para contar.

Mas, então, a pálida cruz com a Imagem atingiu meus olhos e arrastou, em reverência, toda a minha mente em sua direção.

Não fingirei que achei essa convocação outra coisa que não severa; pois o sol e a tempestade tinham tornado a figura austera e branca; mas o esforço por adorá-la como faziam outros ao meu redor preencheu minha mente com uma imagem que era tão grande e branca que nenhum outro pensamento tinha lugar lá. Por um instante, submeti-me a ela como nunca me submetera a um homem ou uma mulher, e feri meus lábios na pedra áspera de suas vestes. Uma luz branca e um ardor fumegaram em minha cabeça descoberta; e quando o êxtase passou o campo lá embaixo fluiu como uma bandeira subitamente desfraldada.

[7]

Outono

O outono chega; e meu casamento não está muito longe. Sir Amyas é um cavalheiro bom, que me trata com grande cortesia e espera me fazer feliz. Nenhum poeta poderia cantar nosso namoro; e, devo confessar que, desde que me dediquei a ler sobre princesas, algumas vezes me lamentei de minha própria sorte ser tão pouco igual à delas. Mas, por outro lado, elas não viviam em Norfolk na época das guerras civis; e mamãe me diz que a verdade é sempre a melhor coisa.

A fim de me preparar para meus deveres como mulher casada, ela tem me deixado ajudá-la na administração da casa e das terras; e começo a entender o quanto de minha vida será passado em pensamentos que não têm nada a ver com homens ou com felicidade. Há as ovelhas, as madeiras, as colheitas, o pessoal, coisas, todas elas, que precisarão de meu cuidado e julgamento quando meu Senhor estiver fora, o que acontecerá com muita frequência; e se os tempos forem tão turbulentos como têm sido, devo também atuar como tenente-em-chefe à disposição de suas forças contra o inimigo. E depois haverá o meu próprio trabalho como mulher exigindo minha presença dentro de casa. De fato, como diz mamãe, haverá pouco tempo para príncipes e princesas! E ela passou a me apresentar o que ela chama de sua teoria sobre o direito de propriedade; como, nesses tempos, somos como o governante de uma pequena ilha no meio de águas turbulentas; como devemos plantá-la e cultivá-la; e construir estradas ao longo dela, e protegê-la com segurança das marés; e um dia, talvez, as águas percam sua força e esse torrão estará apto a fazer parte de um mundo novo. Esse é seu sonho do que o futuro trará para a Inglaterra; e tem sido a esperança de sua vida pôr em ordem sua própria província de modo que ela possa se tornar um lugar de terra firme para ser pisado do jeito que se quiser. Ela espera que eu possa viver para ver a Inglaterra toda assim solidamente estabelecida; e se eu conseguir, deverei agradecer à mamãe e a outras mulheres como ela.

Mas confesso que por mais profundamente que eu honre mamãe e respeite suas palavras, não posso aceitar sua sabedoria sem um suspiro. Ela parece desejar ardentemente nada melhor que uma terra que se eleve solidamente da neblina que agora lhe serve de grinalda; e o panorama mais auspicioso que ela tem em mente é, creio, uma estrada larga passando pelo terreno, na qual ela vê longas filas de cavaleiros cavalgando ao seu bel prazer, peregrinos caminhando alegremente e desarmados, e carroções passando uns pelos outros, indo carregados para a costa e retornando igualmente carregados com bens desembarcados dos navios. Então ela sonharia com certos casarões, abertos e expostos à vista, com seus fossos tapados e suas torres demolidas; o portão se abriria com entrada livre para qualquer um que passasse; e haveria regozijo por convidados ou serviçais sentados à mesma mesa com o Senhor. E se poderia cavalgar pelos campos cobertos de trigo; e haveria revoadas de pássaros e rebanhos em todas as terras de pastagem, e moradias de pedra para os pobres. À medida que escrevo isto, vejo que é algo bom; e estaríamos corretos em desejá-lo.

Mas, ao mesmo tempo, quando imagino um tal panorama pintado à minha frente não consigo pensar que seja algo prazeroso de ser olhado; e imagino que acharia difícil respirar nesses caminhos planos e brilhantes.

Contudo o que é que eu quero não consigo dizer, embora o deseje ardentemente e, de alguma e secreta forma, conte com isso. Pois, muitas vezes, e muitas vezes mais, à medida que o tempo passa, me surpreendo parando de repente em minha caminhada, como se fosse interrompida por um novo e estranho olhar na superfície da terra que conheço tão bem. Ele sugere alguma coisa; mas vai embora antes de eu saber o que significa. É como se um novo sorriso saísse de um rosto bem conhecido; ele meio que nos assusta e, contudo, ele atrai.

[Últimas páginas]

Papai chegou ontem quando eu estava sentada à escrivaninha na qual escrevo estas folhas. Ele não está nada orgulhoso da minha habilidade na leitura e na escrita; que na verdade aprendi, em grande parte, em seu joelho.

Mas a confusão tomou conta de mim quando ele me perguntou o que eu escrevia; e, gaguejando que era um "diário", cobri as páginas com as mãos.

"Ah", exclamou ele, "se pelo menos meu pai tivesse mantido um diário! Mas ele, pobre homem, não podia sequer assinar o próprio nome. John e Pierce e Stephen jazem todos ali na igreja, mas não restou uma única palavra para dizer se eles eram homens bons ou maus." Assim falou ele até meu rosto tornar-se pálido de novo.

"E desse jeito meu neto falará de mim", continuou ele. "E se pudesse eu deveria escrever uma linha para mim mesmo para dizer: 'Sou Giles Martyn; sou um homem de estatura média, pele morena, olhos castanho-claros e uso bigode; sei ler e escrever, mas não com facilidade. Viajo a Londres montado na melhor égua baia que se possa encontrar no condado'."

"Bem, o que mais deveria dizer? E iriam eles se dar ao trabalho de ouvir isso? E quem seriam *eles*?", disse ele com uma risada; pois era seu costume terminar sua fala com uma risada, ainda que tivesse começado sobriamente.

"O senhor gostaria de saber de seu pai", disse eu; "por que não iriam eles gostar de saber do senhor?"

"Meus antepassados eram muito parecidos comigo", disse ele; "viveram aqui, todos eles; araram a mesma terra que eu aro; casaram-se com mulheres do interior. Ora, eles poderiam entrar por aquela porta neste momento e eu os reconheceria e não veria nisso nada de estranho. Mas sobre o futuro" – ele estendeu as mãos – "quem pode falar? Podemos ter sido varridos da face da terra, Joan."

"Oh, não", protestei; "estou certa de que sempre viveremos aqui." Isso satisfez papai intimamente; pois não há nenhum homem que se importe mais com suas terras e seu nome do que ele; embora ele sempre vá sustentar que, se tivéssemos sido uma linhagem mais orgulhosa, não teríamos ficado estagnados por tanto tempo na mesma prosperidade.

"Pois bem, Joan, você deve conservar seus escritos", disse ele; "ou, melhor, eu devo conservá-los por você. Pois você vai nos deixar – embora não para muito longe", acrescentou ele prontamente; "e os nomes pouco importam. Ainda assim, gostaria de ter alguma lembrança sua quando for embora; e os nossos descendentes terão motivo para respeitar pelo menos um de nós." Ele olhou com grande admiração para as límpidas linhas de minha caligrafia. "Agora, minha menina, venha comigo até a Igreja, onde devo verificar o entalhe no túmulo de meu pai."

Enquanto caminhava com ele, pensei nas palavras dele e nas muitas folhas que repousavam, escritas, na minha escrivaninha de carvalho. O inverno chegara novamente desde que fiz, tão orgulhosamente, meus primeiros rabiscos. E pensar que havia poucas mulheres em Norfolk que podiam fazer o mesmo; e, não fora o fato de que algo desse orgulho permanecera comigo, creio que minha escrita teria terminado muito antes disso. Pois, verdadeiramente, não há nada nos limites de meus dias que precise ser contado; e o registro se torna monótono. E eu pensava, enquanto caminhava pelo gélido ar da manhã de inverno, que se algum dia voltasse a escrever não seria sobre Norfolk e mim mesma, mas sobre Cavaleiros e Damas e sobre as aventuras em terras estrangeiras.

Até mesmo as nuvens, que vêm do ocidente e avançam pelo céu, adotam a aparência de capitães e soldados, e eu não consigo deixar de moldar elmos e espadas, bem como rostos formosos, e toucados altos, com base nessas ondas de névoa colorida.

Mas, como diria mamãe, as melhores histórias são aquelas que são contadas junto à lareira; e ficarei muito contente se puder terminar meus dias como uma daquelas velhas senhoras que consegue manter um lar calmo num fim de tarde de inverno, com seus contos sobre as visões estranhas que ela viu e as façanhas conquistadas em sua juventude. Sempre achei que essas histórias vêm, em parte, das nuvens, senão por qual razão elas nos incitam mais que qualquer coisa que nós mesmos vemos? É certo que nenhum livro escrito pode competir com elas.

Uma dessas mulheres foi Dama Elsbeth Aske, que, quando ficou muito velha para tricotar ou costurar e muito entrevada para sair da cadeira, sentava-se com as mãos cruzadas junto à lareira o dia todo, e bastava puxar as suas mangas para que seus olhos brilhassem e ela contasse suas histórias de batalhas e reis, e de grandes nobres, e também histórias sobre as pessoas pobres, até que o ar parecesse se mover e murmurar. Ela também podia cantar baladas, o que fazia ali sentada. E homens e mulheres, velhos e jovens, vinham de longe para ouvi-la, embora ela não soubesse escrever nem ler. E achavam que ela também podia prever o futuro.

Assim chegamos à igreja onde jazem meus ancestrais. O famoso entalhador Ralph de Norwich vinha recentemente trabalhando num jazigo para meu avô que está agora quase pronto e cobrindo seu corpo; e as velas chamejavam aprumadas na igreja sombria quando entramos.

159

Ajoelhamo-nos e sussurramos preces por sua alma; e então papai se afastou, conversando com Sir John; e me deixou com a minha tarefa favorita, a de soletrar os nomes e contemplar as feições de meus parentes e antepassados falecidos. Sei que quando criança as feições pálidas e rígidas costumavam me amedrontar, especialmente quando eu podia ler que carregavam meu sobrenome; mas agora que sei que nunca se levantam e sempre mantêm as mãos cruzadas, apiedo-me deles; e de bom grado faria algum pequeno gesto que pudesse lhes dar prazer. Deveria ser algo secreto e inesperado – um beijo ou uma carícia, tal como fazemos com uma pessoa viva.

Notas do tradutor

Introdução

13 **"concebera, ou refizera..."** – no original,"*conceived, or re-moulded...*" (Bell, *DVW*, v. 5, p. 318).

"[seu] novo livro, lendo Ifor Evans..." – no original, "*begin [her] new book by reading Ifor Evans...*" (Bell, *DVW*, v. 5, p. 320). O livro referido é *A Short Story of English Literature*, de autoria de B. Ifor Evans (1899-1982).

14 **"como material para algum tipo de livro crítico"** – no original, "*as material for some kind of critical book*" (Bell, *DVW*, v. 5, p. 180).

ela falava sobre ler Sévigné – Madame de Sévigné, Marie de Rabutin-Chantal (1626-1696), Paris, conhecida pela enorme quantidade de cartas que escreveu, em geral à filha, cartas que também são conhecidas por sua qualidade literária. Virginia escreveu um ensaio sobre ela, "Madame de Sévigné", publicado postumamente na coletânea organizada por Leonard Woolf, *The Death of the Moth and Other Essays* (1942).

"por aquela rápida fusão de livros" – no original, "*for that quick amalgamation...*" (Bell, *DVW*, v. 5, p. 214).

"com muita calma..." – "*very calmly...*", no original (Bell, *DVW*, v. 5, p. 276).

15 *pageant* – o significado original da palavra, segundo o dicionário *Oxford*, é o de "uma cena exibida num palco" em que "cena" significa um *tableau*, um quadro vivo. No contexto da história da Grã-Bretanha, entretanto, o sentido atual, moderno, de *pageant* é o que foi estabelecido por Louis Napoleon Parker (1852-1944), que concebeu e dirigiu o primeiro desse gênero, em 1905, em Sherborne, cidade histórica do sudoeste da Inglaterra (ver *Entre os atos*, Autêntica, 2022, p. 157).

"passar um fio de colar..." – "as threading a necklace...", no original (Bell, *DVW*, v. 5, p. 327).

"começou a ler *A história da Inglaterra* de G. M. Trevelyan" – "*began reading G. M. Trevelyan's* History of England", no original (Bell, *DVW*, v. 5, p. 333).

"Estou quase..." – "*I am almost...*", no original (carta a Ethel Smyth, 14 de novembro de 1940, *VWCL*, v. 6, p. 445).

16 **"dedicar-lhe um ensaio em O Leitor Comum"** – "*make her a Common Reader*", no original (carta a Vita Sackville-West, 15 de novembro de 1940, *VWCL*, v. 6, p. 445).

"Tendo neste instante terminado..." – "*Having this moment finished*", no original (Bell, DVW, v. 5, p. 340, 23 de novembro de 1940).

"Lady Anne Clifford ou qualquer outra biografia elisabetana" – "*Lady Anne Clifford or any Elizabethan biographies*", no original (carta a Vita Sackville-West, 4 de fevereiro de 1941, *VWCL*, v. 6, p. 470).

"numa nota escrita a lápis no exemplar de Vita de *Diário de uma escritora...*" – "*a pencilled note in Vita's of* A Writer's Diary", no original. Na nota correspondente a essa passagem Brenda R. Silver, registra: "Sou grata a Nigel Nicolson [filho de Vita] pela informação e pela permissão para usar a observação de Vita".

17 **Em *Entre os atos*, por outro lado...** – referência a uma passagem de *Entre os atos*: "A escuridão aumentava.

A brisa soprava pela sala. Com um leve calafrio a sra. Swithin ajeitou seu xale de lantejoulas em volta dos ombros. Ela estava demasiadamente mergulhada na história para pedir que fechassem a janela. 'A Inglaterra', leu ela, 'era então um brejo. Densas florestas cobriam a terra. No topo de seus emaranhados ramos os pássaros cantavam...'" (*Entre os atos*, Autêntica, 2022, p. 151).

"Contei-lhe que estou lendo..." – "*Did I tell you I'm reading...*", no original (carta a Ethel Smyth, 1º de fevereiro de 1941, *VWCL*, v. 6, p. 466).

18 **"Estou", escreveu ela a Smyth em 1º de março...** – "*I am," she wrote Smyth on March 1ˢᵗ...*", no original (carta a Ethel Smyth, 1º de março de 1941, *VWCL*, v. 6, p. 475).

20 **Nin, Crot e Pulley** – Silver, além de sugerir que esses nomes são criações de Virginia, dá uma definição geral a nomes que, segundo Joshua Phillips (em "How Should One Read 'The Reader'. New Approaches do Virginia Woolf's Late Archive", p. 214-215), têm significados específicos. Pela extensão do argumento de Phillips, deixo de reproduzi-los aqui.

Anon

25 **Por muitos séculos...** – Trevelyan, 1929, p. 3. Brenda R. Silver, na nota n. 1, de "*Anon*" *and* "*The Reader*, destaca a importância do livro de Trevelyan para este início de "Anon", alongando a frase citada por Virginia: "Por muitos séculos depois de a Bretanha ter se tornado uma ilha, a floresta selvagem reinava. O chão úmido e musgoso se escondia do olho do Céu por uma cerrada cortina tecida de inumeráveis copas de árvore que tremiam à brisa do início do verão e irrompiam na selvagem música de milhões e milhões de pássaros despertados; o concerto se estendia de galho em galho com quase nenhuma interrupção por centenas de

quilômetros através de colinas e planícies e montanhas, sem ser ouvido pelo homem exceto onde, em raríssimos intervalos, um grupo de caçadores cobertos de pele, machado de pedra na mão, se deslocavam furtivamente pelo terreno lá embaixo...".

Numa margem me estirei... – Estrofe do poema XXIII, Chambers & Sidgwick, 1921, p. 71: *By a bank as I lay / Musing myself alone, hey ho! / A birdes voice / Did me rejoice, / Singing before the day; / And me thought in her lay / She said, winter was past, hey ho!*

26 **Estou, por amor, exaurido...** – no original, *"Icham for woing al forwake / Wery no water in wore"*. Virginia grafou erradamente "woing" e "no", cujas grafias corretas são, respectivamente, "wowing" e "so". O poema, escrito em inglês médio por autor anônimo, é conhecido pelo título "Alysoun" (o nome da mulher aí celebrada). As linhas citadas por Virginia são da quarta e última estrofe: *"Icham for wowng al forwake, / Wery so water in wore, / Lest eny reve me my make / Ychabbe y-yyrned yore."* As traduções que têm sido feitas para o inglês moderno obviamente diferem. Como exemplo, transcrevo aqui uma delas: *"I am worn out with lying awake for love, / Weary as troubled water; / In case anyone steals my partner from me / I have been anxious for a long time"*. [Estou, por amor, exaurido, / todo esvaído como águas agitadas; / Caso alguém tire minha amada de mim / Tenho estado ansioso por um longo tempo.] Ele faz parte do conjunto de poemas líricos medievais compostos por autores anônimos na língua então predominante, o inglês médio, e registrados em manuscritos no conjunto de pergaminhos conhecido como Harley MS 2253, atualmente conservados na British Library. Os manuscritos, produzidos em torno de 1340, reproduzem poemas provavelmente compostos por poetas anônimos em datas mais remotas. Para mais informações, consultar a Wikipédia (26y3gj7m) e o site Wessex Parallel Web Texts (wpwt.soton.ac.uk), onde os manuscritos podem ser "folheados". O site da Universidade de Rochester tem uma seção dedicada aos poemas medievais (29mndywk) e, em especial aos manuscritos Harley MS 2253; o poema "Alysoun" é comentado aqui (2bdkw4m4). Para uma transcrição dos manuscritos Harley, ver Brook, 1964. Para algumas das traduções de Alysoun na internet, veja: 26a52vtn, 29df4hb5, 26e5w2fw.

(28) **Chaucer** – Geoffrey Chaucer (c. 1340-1400), escritor inglês, conhecido pelo livro *The Canterbury Tales* (*Os contos de Canterbury*).

os Pastons de Norfolk e os Betsons e os Paycockes de Essex – transcrevo aqui a nota n. 11 do texto de "Anon" composto por Brenda R. Silver: "Os Pastons eram antigos amigos de Woolf; ela tinha, por exemplo, lido e anotado o livro *The Paston Letters, A. D. 1422-1509* (ed. James Gairdner, 3 v., 1872-1875; 6 v., 1904) para seu ensaio 'Os Pastons e Chaucer' no v. I de *O leitor comum* (1925). 'Thomas Betson, mercador de algodão no século quinze' e 'Thomas Paycocke de Coggeshall, mercador de tecidos na época de Henry VII' eram temas de capítulos do livro *Medieval People* (1924), de autoria de Eileen Power. Numa entrada de seu diário, de 20 de dezembro de 1940, Woolf registra o fato de ter comprado o livro de Eileen Power".

Mastro de Primeiro de Maio – no original, *Maypole*: mastro enfeitado com fitas coloridas e flores em torno do qual, tradicionalmente, se dançava, em alguns países europeus, no primeiro dia de maio.

(29) **Quando, em 1477, Caxton...** – William Caxton (c. 1422-c. 1491) foi um comerciante, diplomata e escritor inglês, tido como o introdutor, na Inglaterra, da prensa e dos tipos móveis inventados por Gutenberg. *Le Morte d'Arthur* é o livro sobre a história do Rei Artur e os Cavaleiros da Távola Redonda, de autoria de Thomas Malory (1405-1471). A informação de Virginia sobre o ano de publicação é incorreta: o livro foi, na verdade, publicado em 1475.

Gawaine – ou Gawain, ou Gauvain (Wikipédia: 2oe8s55m).

em outros locais a espada de Lancelot... – trecho do prefácio de William Caxton ao livro de Thomas Malory, *Le Morte d'Arthur*, p. 2. Sobre Lancelot (ou Lancelote), v. Wikipédia: 2ojvoh3k.

Assim ele entrou e buscou... – *Le Morte d'Arthur*, p. 61. No início da citação, Virginia escreveu "*found his bed*" em vez do correto "*found her bed*". A tradução segue o livro original de Thomas Malory.

30 **Sobre o escritor os estudiosos...** – alusão a uma frase de Edward Strachey, na introdução de *Le Morte d'Arthur*, sobre a falta de dados da vida de Thomas Malory: "*Of Sir Thomas Malory himself we know nothing more than can be inferred by probable conjecture from his book.*" ["Sobre o próprio Sir Thomas Malory não sabemos nada mais que possa ser inferido por uma conjectura verossímil com base no livro de sua autoria."], (p. xxvi).

na noite de lua cheia o Rei Artur... – frase de Edward Strachey, na introdução de *Le Morte d'Arthur*, p. xvii.

31 **Seu nome é Holinshed...** – as referências são a Raphael Holinshed (c. 1525-1580), autor do livro, em vários volumes, *Chronicles of England, Scotland, and Ireland* (1577), e a William Harrison (1534-1593), um dos colaboradores de Holinshed na produção de *Chronicles*.

seu nome é também Harrison... – reproduzo aqui parte da nota 22, p. 408, do texto original de "Anon" recomposto por Brenda R. Silver: "A fonte de Woolf para esta seção é o livro, em 2 volumes, de William Harrison, organizado por Frederick J. Furnivall, *Harrison's Description of England in Shakspere's Youth*, New Shakspere Society, 1877 [...]. Harrison foi uma de suas fontes originais e serviu, durante as várias revisões de 'Anon', para introduzir diversos aspectos da visão de Woolf. Alguns dos primeiros rascunhos nos dizem, por exemplo, que 'Ele é um homem representativo, que ele é, com frequência, repetido, com pouca variação. Ele – Harrison era seu nome – é o primeiro daquela longa fila de homens com tempo livre e de estudiosos que tinham tempo para pensar sobre o passado na tranquilidade da casa paroquial'. [...] Harrison não apenas retrata a Inglaterra, mas, involuntariamente, traça um autorretrato do novo escritor, e de sua posição social". E aqui Silver reproduz um trecho de um dos rascunhos de "Anon": "'O inverno passou'. Anon emergiu, então, das florestas e das águas. Ele tem um cão e um jardim. Ele tem livros; e ele cava a terra. Ele também tem um nome, mas seu nome não é de grande importância. Pode ser Harrison; pode ser Paston; pode ser Smith ou Jennings. Sabe-se muito pouco sobre ele, além do nome. Ele não tem nenhuma expressão no rosto. Ele nos transmite principalmente o que vê – a Inglaterra, seu vazio; sua escassez de pessoas; a predominância de indivíduos. A Rainha é a figura predominante. Ele conta as posses dela; seus navios; seus palácios. Ele observa suas jornadas desde aquelas poucas estradas sulcadas e esburacadas até esta ou aquela casa grande. Ela é o parlamento, a imprensa, a sociedade, a lei, a ordem. Mas para o homem que vê isso é difícil expressar, escrever, descrever o que ele vê. Escrever é uma arte que exige uma grande cerimônia... [...]".

Os jovens Shakespeares e Marlowes – William Shakespeare (1564-1616); Christopher Marlowe (ca. 1564-1593), poeta e dramaturgo elisabetano.

a Langland, a Wycliffe – William Langland (c. 1332-c.1386), suposto autor do poema narrativo alegórico conhecido como "Piers Plowman" ("Piers, o lavrador") (2fod69fo); John Wycliffe (c. 1328-1384), filósofo, teólogo e professor da Universidade de Oxford, tido como precursor de Lutero e Calvino por suas propostas de reforma religiosa.

32 **"nossas veneráveis damas da corte"** – Harrison, 1877, p. 272, em que o autor descreve os lazeres a que se entregam as damas da corte: costura, leitura, escrita, etc.

clássicos que estavam acorrentados às estantes – era prática de certas bibliotecas universitárias armazenar os livros nas prateleiras com as lombadas viradas para dentro e prendê-los, por uma corrente fixada na parte exterior da lombada, à parte de baixo da prateleira, o que permitia a consulta sem que fossem removidos da estante (v. *Três guinéus*, Autêntica, p. 42).

"Indo de Londres a cavalo" – *"Riding on a journey homeward from London"*, no original (Latimer, 1844, p. 208), sexto sermão, pronunciado diante do Rei Edward, 12 abril de 1549.

Latimer – Hugh Latimer (c. 1487-1555), bispo católico, convertido ao protestantismo, foi condenado à morte na fogueira pela rainha católica Mary I.

33 **"à sombra da morte"** – *"in the shadow of death"*, no original (Latimer, 1845, p. 137, sermão pronunciado pelo Mestre Hugh Latimer na Noite de Reis, em Grimsthorpe, em 1553).

gentil mestre Bilney – Thomas Bilney (c. 1495-1531), sacerdote e estudioso inglês, amigo de Hugh Latimer, foi condenado à morte na fogueira por suas opiniões reformistas.

"Senhor, há alguém ao portão que gostaria de falar consigo" – *"Sir, there is one at the gate would speak with you"*, no original (Latimer, 1845, p. 127, carta n. 50, a alguém na prisão, por professar o Evangelho).

"O clamor dos trabalhadores..." – *"The cry of the workmen..."*, no original ("A most faithful sermon preached before the King's Most Excellent Majesty and His Most Honourable Council, in his court at Westminster, by the Reverend Father Master Hugh Latimer, (in Lent) Anno Domini, 1550", Latimer, 1844, p. 261).

"os trabalhadores pobres, os armeiros... – *"the poor labourers, gun-makers..."*, no original (Latimer, 1844, p. 261. No sermão já citado, "A most faithful sermon...").

"se reunirem para dançar a dança mourisca" – *"meet to dance the morris dance"*, no original (Latimer, 1845, p. 83, "The Sermon Of Master Doctor Latimer, Preached On The Third Sunday In Advent, 1552"), com *"morrice-dance"* em vez de *"morris dance"*.

Ele viu as damas elegantes em anquinhas... – no original, *"He saw the fine ladies dressed in vardigalls with their hair puffed out in tussocks under French hoods"*. Aqui Virginia transcreve, em suas próprias palavras, observações críticas de Latimer sobre os costumes das mulheres no que se refere a vestes e aparência em geral (Latimer, 1844, p. 253-254, no já citado "A most faithful sermon...").

Ele viu os rapazes... – no original, *"He saw the young men, no longer shooting [...]"*. Transcrição de Virginia de uma passagem do já citado sermão de Latimer (1844, p. 197): *"Charge them upon their allegiance [...]"*.

34 **"que se os bons rapazes..."** – *"that if good fellows..."*, no original (Latimer, 1844, p. 164, em "The Fourth Sermon preached before King Edward, March 29th, 1549").

Ele observou o cheiro de corpos em decomposição... – Virginia alude aqui, provavelmente, a um trecho da introdução de John Foxe (1517-1587) ao livro de sermões de Hugh Latimer (v. *Sermons*, 1845, p. xxi).

E em cada vilarejo ele encontrou camponeses... – possível alusão de Hugh Latimer a um longo trecho sobre Robin Hood (Latimer, 1844, p. 208, em "The Sixth Sermon Preached Before King Edward, 12 de abril de 1549").

numa língua que eles não podiam entender... – supostamente o inglês médio, predominante no período que vai do início do século XII até o início do século XVI.

não importando se pregava montado num cavalo... – alusão a uma passagem em "The Sixth Sermon Preached Before King Edward, 12 de abril de 1549" (Latimer, 1844, p. 206).

"que passou a vida visitando prisioneiros..." – "*who was for ever visiting prisoners and sick folk*", no original. A citação é de "Certain Sermons Made by the Right Reverend Father In God, Master Doctor Latimer, Before the Right Virtuous and Honourable Lady Katherine, Duchess Of Suffolk, In The Year Of Our Lord, 1552" (Latimer, 1844, p. 335).

35 **"viagens de peregrinação, em exéquias e missas..."** – "*pilgrimage matters, in trentalls and masses in purgatory matters*", no original, é uma passagem do sermão intitulado "Fifth Sermon Preached Before King Edward, 6 de abril de 1549" (Latimer, 1844, p. 130).

"Não há agora nenhum..." – "*There be now none but great mens sons in college*", no original, é uma passagem do sermão intitulado "The Fifth Sermon Preached Before King Edward, 6 de abril de 1549" (Latimer, 1844, p. 179).

"Todo o empenho dos homens hoje em dia..." – "*All the affection of men now-a-days...*", no original, é uma frase da segunda parte do sermão intitulado "A Most Faithful Sermon Preached Before The King's Most Excellent Majesty And His Most Honourable Council, In His Court At Westminster, By The Reverend Father Master Hugh Latimer, [In Lent] Anno Domini, 1550" (Latimer, 1844, p. 280).

viram a mansão... – isto é, a mansão típica da época. Segundo Brenda R. Silver, na nota 38 do original, trata-se das mansões conhecidas como Wilton, Penshurst, e

Hardwick Hall. Ver informações e imagens da Wikipédia sobre as mencionadas mansões, respectivamente: yhhvaf4c; 2lxs537a; yawa4sjx.

36 **Lady Anne Bacon** – Anne Bacon (c. 1527-1610), literata e tradutora inglesa; o filho mencionado é Francis Bacon.

38 **"Eu passava a maior parte..."** – *The Diary of Lady Anne Clifford*, ed. Vita Sackville-West, Londres, Heinemann, 1923, pp. 76, 52.

Glecko – ou *"gleek"*: jogo de (quarenta e quatro) cartas, disputado entre três pessoas.

Rivers – George Rivers (1553-1630), político inglês, amigo íntimo da família Sackville.

Moll Neville – Mary "Moll" Neville, prima e dama de companhia de Anne Bacon.

Arcádia – *The Countess of Pembroke's Arcadia*, livro de ficção de autoria de Philip Sidney (1554-1586).

A rainha das fadas – *The Faery Queen,* poema épico de autoria do poeta inglês Edmund Spenser (c. 1552-1599).

Pepys – Samuel Pepys (1633-1703), funcionário da administração naval inglesa e membro do parlamento. É conhecido pelo diário que escreveu durante dez anos e que foi publicado apenas no século dezenove.

"apenas um batelão ou barco..." – no original, *"hardly one lighter or boat in three that had the goods of a house in it, but there was a pair of virginals in it"*, registro do dia 2 de setembro de 1666 (Pepys, 1997, p. 432).

"um homenzinho de cabelos curtos..." – no original, *"a little man with short hair, a small band and cuff"*, frase atribuída por J. Payne Collier (1852, p. clv) a Christopher Beeston.

39 **"Pois por qual razão, pelo amor de Deus"...** – no original, *"Why a Gods name" he exclaimed "may not we, as else the Greeks, have the kingdom of our own language...?"*, citação, em grafia atualizada, em Collier (1852, p. clviii).

40 **"Dan Chaucer, a fonte impoluta..."** – no original, *"Dan Chaucer, well of English undefiled..."*, citação de Spenser (1909, v. 2, p. 39). A citação seguinte ("a doce infusão...", *"infusion sweet"*) está na mesma página da obra citada.

42 **"menestréis fazendo uma grande folia..."** – *"minstrels making goodly merriment, With wanton bards and rhymers impudent"*, no original (Spencer, *The Faerie Queene*, 2006, III, xii, 5, p. 227).

Ele estivera presente, diz-se, no pageant em Kenilworth – Kenilworth é um lugarejo do condado de Warwickshire, na parte central da Inglaterra. A Rainha Elizabeth, de fato, esteve presente em pelo menos um *pageant* encenado em Kenilworth, mas, contrariamente ao que sugere Brenda R. Silver, na p. 417 de "Anon", não há nenhum registro da presença de Spencer (v. o verbete "Pageant" na *Spenser Encyclopedia*, p. 1376).

Ele vira "o ator vestido de verde" – alusão a uma passagem de *The Faerie Queene*, de Spenser: *"And after her, came jolly June, arrayd / All in greene leaves, as he a Player were;"* ("E depois dela, chegou o alegre Junho, vestido / Todo em folhas verde, como ator que ele era") (Spenser, 2006, III, vii, 35, p. 213).

43 **Pois os menestréis errantes [...] posse de um teatro.** – Brenda R. Silver, na p. 417, nota 65, lista as fontes de Virginia para as informações desse parágrafo: Greg, Walter W. (ed.). *Henslowe's Diary*, 2 v. Bullen, 1904-1908; Harrison, G. B. *Elizabethan Plays and Players*. Routledge, 1940; e Evans, Ifor. *A Short History of English Literature*. Ainda segundo Silver, Philip Henslowe era o proprietário e gerente do Rose, o teatro localizado em Southwark e referido no texto de Woolf, bem como dos teatros Fortune e Hope.

"renomados bordéis" – *"recognised stews"*, no original. A citação é de Greg (1908, p. 3).

mapa de Norden – segundo Brenda R. Silver, na p. 417, nota 67, trata-se do mapa de Londres reproduzido no livro *Speculum Britannia*, de John Norden (1593).

A maioria pagava um pêni... – *"Most paid one penny..."*, no original; a informação é de Greg (1908, p. 134, nota 1).

"quantidade de capitães e soldados ao redor de Londres" – *"numbers of captains and soldiers about London"*, no original. A informação está em Nashe, *Piers Penniless* (1592, p. 29; edição on-line: 2qyjqnbw).

(44) de acordo com um espectador – *"according to one spectator, dressed in the cast off robes of the noble sold by their servants"*, no original. Segundo Brenda R. Silver, na p. 418, nota 1, o espectador referido era um alemão chamado Platter, que escreveu: "Os atores estão muito rica e elegantemente vestidos, uma vez que é costume na Inglaterra, quando distintos cavalheiros ou fidalgos morrem, que as mais finas de suas roupas, quase todas, sejam renovadas e dadas aos criados, e como não é apropriado que eles vistam essas roupas a não ser para imitá-los, eles as vendem para os atores por uma pequena soma" (G. B. Harrison, 1956, p. 197).

Irmão Cosroe, sinto-me ofendido... – *"Brother Cosroe, I find myself aggriev'd..."*, versos de Christopher Marlowe (*Tamburlaine the Great*, p. 610.

A primavera está debilitada... – *"The spring is withered..."*, no original (Marlowe, *Tamburlaine the Great*, p. 93).

(45) Assim dizem os poetas... – *"So poets say..."*, no original (Marlowe, *Tamburlaine the Great*, p. 80).

Nossas almas, cujas faculdades... – *"Our souls, whose faculties..."*, no original (Marlowe, *Tamburlaine the Great*, p. 90).

Tamburlaine – *Tamburlaine the Great,* peça teatral de autoria de Christopher Marlowe (1564-1593).

O que é a beleza... – *"What is beauty..."*, no original (Marlowe, *Tamburlaine the Great*, p. 126).

46 **Há as irmãs Fytton...** – transcrevo aqui a nota n. 79 de Brenda R. Silver, em "Anon" (p. 419): "Woolf parece ter descoberto a história de Mary Fytton, a amante de William Herbert, Lorde Pembroke, na introdução de George Wyndham aos *Poemas de Shakespeare* (Methuen, 1898, p. xxxvi-xlvi). Julgou-se, por algum tempo, que Mary Fytton tivesse servido de modelo para a *"dark lady"* dos sonetos. Woolf encontrou, por intermédio de Wyndham, o livro que lhe forneceu as cartas e documentos que narram a história que se segue: Lady Newdigate-Newdegate, *Gossip from a Muniment Room; Being Passages in the Lives of Anne and Mary Fytton, 1574 to 1618* (David Nutt, 1897).

William Knollys – (1544-1632), nobre da corte de Elizabeth I e Rei James.

"satisfazer vosso desejo de fazer o papel..." – *"to fulfil your desire in playing..."*, no original (Newdigate-Newdegate, *Gossip from a Muniment Room*, p. 9).

"uma certa sra. Martin..." – *"one Mrs Martin..."*, no original (Newdigate-Newdegate, p. 36).

47 **"Se a Deus tivesse aprazido..."** – *"If it had pleased God..."*, no original (Newdigate-Newdegate, p. 76).

"Minha compreensão desse triplo amor..." – *"My conceit of this triple love..."*, no original (Newdigate-Newdegate, p. 127). A frase seguinte, "Em seu auxílio...", alude a uma passagem que está nessa mesma página.

49 **"passam o tempo em Londres..."** – *"pass away their time in London..."*, no original (Windham, 1898, p. xix).

"Essas coisas não passam de brinquedos..." – *"These things be but Toyes..."*, no original (Bacon, *The Essays*, 1908, Ensaio XXXVII, "Of Masques and Triumphs", p. 174).

Marlowe deitado no leito em Deptford... – Brenda R. Silver, informa, na nota 92, p. 421, de "Anon", que "a história da morte de Gabriel Spenser por um 'espadim, de três xelins' é contada tanto por Harrison (*Elizabethan Plays and Players*, p. 188-190) quanto por Greg (*Henslowe's Diary*, II, p. 313); e que 'o nome do homem que deu o golpe mortal é Ingram Frizer'".

50 **Kempe, um dos atores...** – Brenda R. Silver detalha, na nota 93, p. 421, de "Anon" que "a história da dança de Will Kempe de Londres a Norwich é contada por Harrison (*Elizabethan Plays and Players*, p. 225-227)".

"O Palco deve mais ao Amor..." – *"The Stage is more beholding to Love..."*, no original (Bacon, *The Essays*, 1908, Ensaio XX, "Of Love", p. 42-43); a citação seguinte ("leva a falar através de uma hipérbole perpétua"; *"leads to speaking in a perpetual hyperbole"*) também é do mesmo ensaio (p. 43), mas sem a expressão *"leads to"*, que deve ser, provavelmente, da própria Virginia.

"O mestre da superstição é o povo." – *"The master of superstition is the people"*, no original (Bacon, *The Essays*, 1908, Ensaio XVII, "Of Superstition", p. 76).

"se for da gente comum..." – *"if it be from the common people..."*, no original (Bacon, *The Essays*, 1908, Ensaio LIII, "Of Praise", p. 241).

51 **A alma que passeava entre os delicados pomares...** – *"The soul that walked between delicate groves..."*, no original. Segundo Brenda R. Silver, a frase alude a um comentário de John Aubrey (1626-1697), citado no prefácio da edição de *The Essays* publicada por Macmillan (Londres, 1875, p. xix).

"Não, os homens não conseguem se retirar quando deveriam..." – *"Nay retire men cannot when they would..."*, no original (Bacon, *The Essays*, 1908, Ensaio XI, p. 46).

Até mesmo à sombra verde... – *Even in the green shade..*, no original. Segundo Brenda R. Silver, a frase seria uma alusão a versos do poema "The Garden", de Andrew Marvell: *"Annihilating all that's made / To a green thought in a green shade."* ("Reduzindo tudo o que foi feito / A um pensar verde sob uma verde sombra.").

"As Cores que aparecem melhor..." – *"The Colours that show best..."*, no original (Bacon, *The Essays*, 1908, Ensaio XI, p. 46).

O leitor

55 **"e assim ela passou diretamente para mim"** – *"and so it lineally descended to me"*, no original (Clifford, 1923, p. 6).

"...Nunca renunciarei enquanto viver... às terras de Westmoreland" – *"I would never part from Westmoreland while I lived"*, no original (Clifford, 1923, p. 48).

56 **"foi tido como uma combinação muito imprópria e pouco prudente da parte dele"** – "held a very mean match, and indiscreet on part of him", no original (Clifford, 1923, p. 90).

"Se não tivesse o excelente livro de Chaucer aqui para me confortar..." – *"If I had not excellent Chaucer's book here to comfort me..."*, no original (Williamson, 1922, p. 197).

"Ceei com meu Lorde e Lady Arundel..." – *"Supped with my Lord and Lady Arundel..."*, no original (Clifford, 1923, p. 47). A frase citada a seguir está na mesma página.

57 **"mesmo em 17... Morgann podia dizer..."** – *"in 17 Morgann could say..."*, no original (Morgann, 1777). Acrescentei as reticências, representando a dezena do ano, inexistente, por fidelidade aos rascunhos de Virginia Woolf, no original de Brenda R. Silver. Aparentemente, Silver não conseguiu consultar o livro para fornecer os devidos dados bibliográficos. A frase está na página 64;

consultar o site "Internet Archive" (24spuamj): *"Yet whatever may be the the censure of others, there are those, who firmly believe that this wild, this uncultivated* Barbarian, *has not yet obtained one half of his fame* [...]." ("Contudo, seja qual for a censura de outros, há os que firmemente acreditam que este selvagem, este inculto *Bárbaro,* ainda não alcançou a metade de sua fama [...].")

Chaucer – Geoffrey Chaucer (c. 1343-1400).

Sidney – Philip Sidney (1554-1586).

Jonson – Ben Jonson (1572-1637).

58 **Burton** – Robert Burton (1577-1640).

Anon era uma mulher
(Cap. 3 de *A Room of One's Own*)

78 **"É o Arthur"** [disse o sr. **Browning**] – O "sr. Browning" é Oscar Browning (1837-1923), escritor e professor inglês. "Arthur" é, aqui, um nome genérico, representando os parceiros sexuais de Browning. Jane Marcus, em *Virginia Woolf and the Languages of Patriarchy* (p. 181-184), faz uma análise detalhada dessa passagem.

Os Pastons e Chaucer – Virginia Woolf
Ensaio da coletânea *O leitor comum I,*
publicada em 1925.

85 Virginia transcreve passagens da obra de Geoffrey Chaucer ora tal como o original, em inglês médio, ora já "traduzidos" por ela para o inglês moderno, como se poderá conferir nas notas que se seguem. No caso de passagens da obra poética de Chaucer não utilizei a tradicional versão, em inglês moderno, de Nevill Coghill – utilizada, aliás, por uma tradução brasileira recente, feita por José Francisco Botelho e publicada pela Cia. das Letras – mas uma tradução mais literal, disponível on-line (2jlf5g). Para uma tradução brasileira de *Os contos de Canterbury,* em prosa,

feita a partir da versão original, em inglês médio, ver *Os contos de Canterbury*, Editora 34, feita por Paulo Vizioli.

Castelo de Caister – castelo construído no distrito de West Caister, no condado de Norfolk, no leste da Inglaterra, entre 1432 e 1446, por Sir John Fastolf. Do antigo castelo resta hoje apenas a torre. Segundo a Wikipédia (27d5fdcp), "Sir John Fastolf desejava que o castelo fosse convertido numa enorme capela onde se rezasse por sua alma [...], mas, como resultado de várias disputas sobre seu testamento, ele passou, em vez disso, à propriedade da família Paston, enquanto a maior parte do dinheiro de Fastolf foi doado ao Magdalen College, em Oxford. Como consequência, o castelo está bastante presente nas *Cartas dos Pastons*".

Sir John Fastolf – natural de Caister, cidade localizada no condado de Norfolk, no leste da Inglaterra, Sir John Fastolf (1380-1459), proprietário de terras, lutou na Guerra dos Cem Anos, contra a França.

aos "sete religiosos" e às "sete pessoas pobres" – alusão a uma decisão do Bispo Waynflete, executor do testamento de Sir John Fastolf, que determinava que, em vez de se instalar uma faculdade no Castelo de Caister, o dinheiro seria destinado a bolsas de estudo, no Magdalen College, para "sete religiosos" e "sete pessoas pobres" (James Gairdner, *The Paston Letters, v. 1*, Londres: Chatto & Windus, 1904, p. 21).

John Paston – John Paston (1421-1466), nobre inglês e proprietário de terras, era o filho mais velho do juiz William Paston.

86 **o filho mais velho, Sir John** – Sir John Paston II (1442-1479); morreu solteiro.

89 **"segurando a perna de um urso na mão"** – informação extraída do inventário dos objetos do armário de Sir John Fastolf (James Gairdner, *The Paston Letters, v. 1*, Birmingham, 1872, p. 479). Virginia "traduziu" o trecho,

escrito em inglês médio ("*beryng a legge of a bere in his honde*"), para o inglês moderno ("*bearing the leg of a bear in his hand*"). A descrição inteira do item do inventário é, em inglês médio: "*Item, j. clothe of the nether hall, of arras, with a geyaunt in the myddell, berying a legge of a bere in his honde*" ("Item, 1 tapete do salão de baixo, de arrás, com um gigante segurando a perna de um urso na mão").

(90) **"você possa ter menos o que fazer neste mundo..."** – trecho de carta de Agnes Paston a John Paston, de data indeterminada. Na "tradução" de Virginia, em inglês moderno: "*ye may have less to do in the world; your father said, In little business lieth much rest. This world is but a thoroughfare, and full of woe; and when we depart therefrom, right nought bear with us but our good deeds and ill.*" Em inglês médio: "*ze may to have lesse to do in the worlde; zoure fadye sayde: In lityl bysnes lyeth much reste. This world is but a thorough fare, and ful of woo; and whan we departe therefro, rizth nouzght bere with us but oure good dedys and ylle.*" (James Gairdner, *The Paston Letters, v. III*, Londres: Chatto & Windus, 1904, p. 124).

(91) **orações fossem feitas *in perpetuum*** – a fonte dessa e da próxima citação ("orar por sua alma 'eternamente'") não foi encontrada (*The Essays of Virginia Woolf, v. IV, 1925-1928*, ed. Andrew McNeillie, Londres: Harvest, 1994, p. 37, nota 9).

"vender vela e mostarda em Framlingham" – na "tradução" de Virginia ("*sell candle and mustard in Framlingham*") do original em inglês médio: "*selle kandyll and mustard in Framlingham*" (carta 710, datada de 15 de janeiro de 1465, de John Paston a Sir John Paston, em James Gairdner, *The Paston Letters, v. V*, Londres: Chatto & Windus, 1904, p. 21).

(92) **"zangão no meio das abelhas"...** – na "tradução" de Virginia ("*drone among bees*" e "*which labour for gathering honey in the fields, and the drone doth naught but taketh his*

part of it") do original em inglês médio: "*a drane amongis bees*" e "*which labour for gaderyng hony in the feldis and the drane doth nought but takyth his part of it*", em carta de John Paston a Margaret Paston e outros, em 15 de janeiro de 1465 (James Gairdner, *The Paston Letters*, v. *IV*, Londres: Chatto & Windus, 1904, carta n. 575, p. 122).

(94) "tão humilde em relação à mãe quanto queira..."
– na "tradução" de Virginia ("*as lowly to the mother as ye list, but to the maid not too lowly, nor that ye be too glad to speed, nor too sorry to fail. And I shall always be your herald both here, if she come hither, and at home, when I come home, which I hope hastily within XI days at the furthest.*") do original em inglês médio: "*and ber yor selfe as lowly to the moder as ye lyst, but to the mayde not to lowly, ner that ye be to gladde to spede, ner to sory to fayle. And I alweys schall be your herault bothe her, if sche com hydder, and at home when I kome hom, whych I hope hastly with in xl. dayes at the ferthest.*" em carta de Sir John Paston a John Paston, de março de 1467 (James Gairdner, *The Paston Letters*, v. *4*, Londres: Chatto & Windus, 1904, carta n. 662, p. 122).

(95) "embora eu não possa guiar nem dirigir soldados"
– na "tradução" de Virginia ("*though I cannot well guide nor rule soldiers*") do original em inglês médio: "*and I can not wele gide ner rewle sodyours*", em carta de Margaret Paston a Sir John Paston, de 11 de junho de 1467 (em James Gairdner, *The Paston Letters*, v. *IV*, Londres, Chatto & Windus, 1904, carta n. 671, p. 283).

"Morro só de pensar nisso" – na tradução de Virginia ("*It is a death to me to think of it*") do original em inglês médio: "*Yt is a deth to me to thynk up on yt.*", em carta de Margaret Paston a John Paston, de 29 de novembro de 1471 (em James Gairdner, *The Paston Letters*, v. *V*, Londres: Chatto & Windus, 1904, carta n. 791, p. 124).

(97) *villa* – a palavra, de origem italiana, tem, neste contexto, o sentido de residência de classe média situada em áreas suburbanas.

98 **E vejam as flores frescas como elas brotam** – *"And see the fresshe floures how they sprynge"*, no original; verso, em inglês médio, da seção "Nun's Priest's Tale", de *The Canterbury Tales* (*Os contos de Canterbury*), de autoria de Geoffrey Chaucer; em inglês moderno: *"And see the fresh flowers how they spring"*.

99 **Muito gracioso era o seu plissado véu...** – estrofe do Prólogo de *Os contos de Canterbury*, em inglês médio no original: *"Ful semyly hir wympul pynched was, / Hire nose tretys, hir eyen greye as glas, / Hir mouth ful smal, and therto softe and reed; / But sikerly she hadde a fair forheed; / It was almoost a spanne brood, I trowe; / For, hardily, she was nat undergrowe"*. A tradução para o português centra-se aqui, tal como nos excertos que se seguem, no significado.

Sou, tu sabes, desde já tua companheira... – estrofe da seção "The Knight's Tale" (O conto do cavaleiro) de *Os contos de Canterbury*, em inglês médio no original: *"I am, thou woost, yet of thy companye, / A mayde, and love hunting and venerye, / And for to walken in the wodes wilde, / And noght to been a wyf and be with childe"*.

Discreta em suas respostas... – estrofe da seção "The Physician's Tale" (O conto do médico), de *Os contos de Canterbury*, em inglês médio no original: *"Discreet she was in answering alway;/ Though she were wys as Pallas, dar I seyn, / Hir facound eek ful wommanly and pleyn, / No countrefeted termes hadde she / To seme wys; but after hir degree / She spak, and alle hir wordes more and lesse / Souninge in vertu and in gentillesse"*. No texto original, Virginia suprimiu o final do segundo verso e o terceiro verso inteiro.

101 **Mas, senhor Jesus! Quando recordo** – estrofe da seção *Wife of Bath's Prologue* (Prólogo da mulher de Bath), de *Os contos de Canterbury*, em inglês médio no original: *"But, lord Christ! When that it remembreth me / Up-on my yowthe, and on my Iolitee / It tikleth me aboute myn herte rote. / Unto this day it doth myn herte bote dooth / That I have had my world as in my tyme."*

102 **Ela tinha três grandes porcas...** – versos da seção "The Nun's Priest's Tale" (O conto do padre da freira), de *Os contos de Canterbury*, em inglês médio no original: *"Three large sowes hadde she, and namo, / Three kyn, and eek a sheep that highte Malle"*.

Ela tinha um quintal, todo ele cercado... – versos da seção "The Nun's Priest's Tale" (O conto do padre da freira), de *Os contos de Canterbury*, em inglês médio no original: *"A yeerd she hadde, enclosed al aboute / With stikkes, and a drye dych withoute"*.

Com os pelos grossos de sua barba áspera... – versos da seção "The Merchant's Tale" (O conto do mercador), de *Os contos de Canterbury*, em inglês médio no original: *"With thikke brustles of his berd unsofte, / Lyk to the skyn of houndfyssh, sharp as brere –"*.

A pele frouxa à volta do pescoço se mexia... – versos da seção "The Merchant's Tale" (O conto do mercador), de *Os contos de Canterbury*, em inglês médio no original: *"The slakke skyn aboute his nekke shaketh / Whil that he sang,"*. O segundo verso, incompleto no texto de Virginia, continua: *"so chaunteth he and craketh"* ("de modo que ele cantava e grasnava").

103 **A resposta a isso deixo para os teólogos...** – versos da seção "The Knight's Tale" (O conto do cavaleiro), de *Os contos de Canterbury*, em inglês médio no original: *"The answere of this lete I to dyvynys, / But wel I woot that in this world greet pyne ys"*.

Que mundo é este... – versos da seção "The Knight's Tale" (O conto do cavaleiro), de *Os contos de Canterbury*, em inglês médio no original: *"What is this world? What asketh men to have? / Now with his love, now in his colde grave / Allone, withouten any compaignye"*.

104 **"Adeus, adeus, ao coração..."** – *"Farewell, farewell, the heart that lives alone"*, no original; verso de "Elegiac Stanzas Suggested by a Picture of Peele Castle in a Storm,

Painted by Sir George Beaumont", de autoria de William Wordsworth.

"Aquele que melhor ora..." – *"He prayeth best that loveth best"*, no original; versos de *Ancient Mariner*, de autoria de S. T. Coleridge.

(105) **"Meu senhor, vós sabeis..."** – *"My lord, ye woot that in my fadres place"* versos da seção "Clerks's Tale" ("O conto do erudito/estudante") de *Os contos de Cantebury*, em inglês médio no original: *"My lord, ye woot that in my fadres place, Ye dede me strepe out of my povre wede, And richely me cladden, o your grace, To yow broghte I noght elles, out of drede, But feyth and nakedness and maydenhede"*.

(106) **"E ela pôs bem ligeiro seu pote d'água..."** – *"And she set down hir water pot anon..."*; versos da seção "Clerk's Tale" de *Os contos de Cantebury*, em inglês médio no original: *"And she set down hir water pot anon, Biside the threshold in an oxe's stall"*.

O diário da senhora Joan Martyn

(111) Escrito em agosto de 1906, o conto foi, inicialmente, publicado na revista *Twentieth-Century Literature* (outono/inverno 1979, p. 237-269), com organização de Susan M. Squier e Louise A. DeSalvo. A presente tradução foi feita a partir da versão publicada em *The Complete Shorter Fiction of Virginia Woolf*, organizada por Susan Dick (2. ed., San Diego: Harcourt, 1985). O título, que não existia no manuscrito, foi dado por Susan Dick. Liga-se a inspiração do conto a uma visita que Virginia fez, em agosto de 1906, com a irmã Vanessa, a Blo' Norton Hall, uma mansão, ainda existente, situada na fronteira entre o condado de Norfolk e o condado de Suffolk, no leste da Inglaterra, e na qual as irmãs ficaram hospedadas durante o mês de agosto. Virginia descreve momentos da viagem e detalhes da mansão em cartas à amiga Violet Dickinson (*The Letters of Virginia Woolf*, v. 1, 1888-1912, org. Nigel Nicolson, Nova York: Harcourt, 1975, p. 233-235).

112 **Uma luz repentina sobre as pernas da Dama Elizabeth Partridge** – Ruth Hoberman (*Gendering Classicism. The Ancient World in Twentieth-Century Women's Historical Fiction*, State University of New York Press, 1997, p. 8) assim comenta esta passagem: "O repensar da história era crucial para a cultura literária feminista. A própria Virginia constantemente retornava à leitura e à escrita da história, explorando o impacto transformativo de se incluir as mulheres como sujeitos e intérpretes. "O diário da senhora Joan Martyn", *Orlando* e *Entre os atos* sugerem, todos eles, que a história de uma perspectiva feminina é diferente de uma perspectiva masculina; que é vital que as mulheres escrevam essa história; e que, quando o fazem, não apenas seu objeto mas também seu método difere da história masculina". Após citar essa passagem em questão, ela continua: "Quando as mulheres começarem a escrever a história, supõe Merridew, elas se centrarão nos papéis das mulheres e, como resultado, o curso inteiro da história parecerá diferente",

114 **Os críticos sempre me ameaçaram com duas varas** – Ann K. McClellan, no artigo "Adeline's (bankrupt) education fund: Woolf, women, and education in the short fiction" (*Journal of the Short Story in English*, n. 50, Spring 2008) assim comenta esta passagem: "Merridew admite que sua teoria de combinar o fato histórico com a narrativa pessoal fez com que ela desse e levasse 'muitos e argutos golpes'. Descrevendo este debate acadêmico em termos distintamente fálicos, Merridew explica: 'Os críticos sempre me ameaçaram com duas varas [...] com que eu possa fortalecer essas palavras de modo que tenham alguma aparência de verdade.' Ela tem sido advertida por seus pares (masculinos) que o conto não tem nenhum papel na história. Mas esse tipo de rigidez vocabular é antitético à metodologia e à pesquisa feminista de Merridew. [...] é exatamente isso que as epistemologistas feministas contemporâneas argumentam que acontece, especialmente, na pesquisa científica e histórica. Nenhum conhecimento é objetivo; tudo é influenciado por nossos pontos de vista e por nossas perspectivas sobre o mundo".

(125) **ano da graça de 1480** – há uma discrepância entre a data em que o diário de Joan Martyn teria sido escrito (1480) e a data de seu nascimento ("Joan Martyn [...] nasceu em 1495..."). A nota da coletânea, organizada por Susan Dick, *Virginia Woolf. The Complete Shorter Fiction*, registra a discrepância, sugerindo que se trata de um erro de Virginia: "Se VW tivesse revisado este conto, ela, sem dúvida, teria notado a inconsistência entre essas datas" (nota 3, p. 296). Linden Peach, em *Virginia Woolf. Critical Issues* (Nova York: St. Martin's Press, 2000, p. 34), argumenta que o "erro" é proposital: "Curiosamente, há uma contradição entre o que ele [John Martyn] diz serem as datas de Joan e o que se pode deduzir do próprio diário. Uma vez que ele, anteriormente, se vangloriara a respeito de seu conhecimento dos ancestrais masculinos de sua família, só podemos concluir que o erro possa não ser de Rosamond Merridew mas se deva à indiferença dele sobre a linha ancestral feminina". Luisa Maria Flora, em seu ensaio "'So Men Said': Virginia Woolf and a history of women's creativity" (In: Luisa Maria Flora, Teresa F. A. Alves & Teresa Cid. *Feminine Identities*, Lisboa, 2002, p. 45-66), ratifica essa interpretação.

"Joan Martyn ... nasceu em 1495" – Obviamente há uma inconsistência aqui com o ano em que Joan Martyn escreveu o diário (1480). Se tivesse preparado o texto para publicação na época em que o escreveu, Virginia certamente teria feito a devida correção.

nunca se casou – Há uma discrepância aqui entre a frase de Martyn ("nunca se casou") e o final do diário de Joan, quase no fim do conto, em que ela sugere que irá se casar.

(127) **Cavalos ou avôs!** – Em *Becoming Virginia Woolf* (Gainesville: University Press of Florida, 2014, p. 92)

185

Barbara Lounsberry assim comenta essa passagem: "Rosamond Merridew toma emprestado de John Martyn o diário de Joan. Uma figura envolvente mas ambígua, ele considera Joan uma 'velha estranha' e acha que o registro genealógico dos cavalos de Willoughby e o livro das contas domésticas de Jasper Marty é muito mais interessante que o diário de Joan. 'Cavalos ou avôs!', oferece ele a Rosamond Merridew, segurando aqueles dois textos masculinos. Entretanto, ele lera o diário de Joan do começo ao fim e admite que 'De um jeito ou outro, aprendi com ela um bocado sobre a terra'."

(143) é um homem do Santuário – *"this was a Sanctuary man"*, no original. A palavra *"Sanctuary"* tem, neste contexto, segundo o Dicionário Oxford, o seguinte sentido: "Uma igreja ou algum outro lugar sagrado no qual, segundo a lei da igreja medieval, um fugitivo da justiça [...] tinha a imunidade de ser preso".

(149) cantiga sobre uma Donzela Castanha – *"Nut-Brown Maid"*, no original. Segundo a Wikipédia: *"Nut-Brown Maid* é uma balada que teve sua primeira aparição impressa no livro *The Customs of London*, em 1502".

Referências

Bacon, Francis. *The Essays of Francis Bacon*. Londres: Macmillan, 1876.

Bacon, Francis. *The Essays of Francis Bacon*. Nova York: Charles Scribners Sons, 1908.

Bell, Anne Olivier. *The Diary of Virginia Woolf [DVW]*, 5 v. Londres: Harcourt, 1977-1984.

Brook, G. L. *The Harley Lyrics. The Middle English Lyrics of MS. Harley 2253*. Manchester: Manchester University Press, 1964.

Chambers, E. K.; Sidgwick, F. *Early English Lyrics. Amorous, Divine, Moral & Trivial*. Londres: Sidgwick & Jackson, 1921.

Clifford, Anne. *The Diary of Lady Anne Clifford*. Ed. Vita Sackville-West. Londres: Heinemann, 1923.

Collier, J. Payne. *The Works of Edmund Spenser*, v. I. Londres: Bell and Daldy, 1852.

Evans, B. Ifor. *A Short History of English Literature*. Harmondsworth: Penguin, 1940.

Flora, Luísa Maria. "So Men Said": Virginia Woolf and a history of women's creativity. In: Flora, Luísa Maria; Alves, Teresa F. A.; Cid, Teresa (Ed.). *Feminine Identities. Cadernos de Anglística*, 5. Lisboa: University of Lisbon Centre for English Studies; Edições Colibri, 2002.

Gairdner, James. *The Paston Letters, 1422-1509 AD*. Birmingham, 1872. 3v.

Gairdner, James. *The Paston Letters, 1422-1509 AD*. Londres: Chatto & Windus, 1904. 6v.

Greg, Walter W. (Ed.). *Henslowe's Diary. Part II. Comentary.* A. H. Bullen. Londres, 1908.

Hamilton, A. C. *et al. The Spenser Encyclopaedia.* Londres: Routledge, 2006.

Harrison, G. B. *Elizabethan plays and players.* Ann Arbor: University of Michigan Press, 1956.

Harrison, William. *Harrison's Description of England in Shakspere's Youth.* Org. Frederick J. Furnivall. Londres: New Shakspere Society, 1877.

Hoberman, Ruth. *Gendering Classicism: The Ancient World in Twentieth-Century Women's Historical Fiction.* Nova York: State University of New York Press, 1997.

Latimer, Hugh. *Sermons.* Cambridge: Cambridge University Press, 1844.

Latimer, Hugh. *Sermons.* Cambridge: Cambridge University Press, 1845.

Lounsberry, Barbara. *Becoming Virginia Woolf: Her Early Diaries and the Diaries She Read.* Gainesville: University Press of Florida, 2014.

Malory, Thomas. *Le Morte d'Arthur.* Londres: MacMillan, 1901.

Marlowe, Christopher. *Tamburlaine the Great.* Londres: Methuen & Co., 1964.

McClellan, Ann K. Adeline's (bankrupt) education fund: Woolf, women, and education in the short fiction. *Journal of the Short Story in English,* 50, Spring 2008. Disponível em: http://journals.openedition.org/jsse/700.

McNeillie, Andrew (Ed.). *The Essays of Virginia Woolf, 1925-1928.* v. IV. Londres: Harvest, 1994.

Morgann, Maurice. *An Essay on the Dramatic Character of Sir John Falstaff.* Londres: T. Davies, 1777. (Edição on-line: 24spuamj).

Nashe. *Piers Penniless.* Londres: Richard Jones, 1592. (Edição on-line: 2qyjqnbw).

Newdigate-Newdegate, Lady. *Gossip from a Muniment Room; Being Passages in the Lives of Anne and Mary Fytton, 1574 to 1618.* Londres: David Nutt, 1897.

Peach, Linden. *Virginia Woolf. Critical Issues.* Nova York: St. Martin's Press, 2000.

Pepys, Samuel. *The concise Pepys.* Londres: Hertfordshire, 1997.

Silver, Brenda R. "Anon" and "The Reader": Virginia Woolf's Last Essays. *Twentieth Century Literature*, v. 25, n. 3/4. Outono/Inverno 1979, p. 356-441.

Spenser, Edmund. *The Faerie Queene. Books I-VI.* Indianapolis: Hackett Publishing, 2006.

Spenser, Edmund. *The poetical works of Edmund Spenser in three volumes.* Boston: Houghton, Osgood and Co., 1909.

Trevelyan, George Macaulay. *History of England.* Londres: Longmans, Green and Co. 1929.

Williamson, George G. *Lady Anne Clifford. Countess of Dorset. Pembroke & Montgomery. 1590-1676. Her life, letters and work.* Kendal: Titus Wilson and Son, 1922.

Woolf, Virginia Woolf. *Collected Letters. V. 1-6, 1888-1941.* Org. Nigel Nicolson. Nova York; Londres: Harcourt; Hogarth, 1976.

Woolf, Virginia. Madame de Sévigné. In: Woolf, Virginia; Woolf, Leonard (Ed.). *The Death of the Moth and Other Essays.* Nova York; Londres: Harcourt; Hogarth, 1942.

Woolf, Virginia; Dick, Susan (Ed.). *The Complete Shorter Fiction of Virginia Woolf.* 2. ed. San Diego: Harcourt, 1985.

Woolf, Virginia; Nicolson, Nigel (Ed.). *The Letters of Virginia Woolf, 1888-1912.* v. 1. Nova York: Harcourt, 1975.

Wyndham, George. *The Poems of Shakespeare.* Londres: Methuen, 1898.

Minibios

Virginia Woolf *não* é uma escritora anônima.

Brenda R. Silver, acadêmica estadunidense, foi professora do Dartmouth College, em Hanover, New Hampshire, Estados Unidos, de 1972 a 2011, ano em que se retirou oficialmente da vida acadêmica. De sua prolífica produção, destacam-se os livros *Virginia Woolf's Reading Notebooks* e *Virginia Woolf Icon*, além, é claro, da edição de *Anon*.

Tomaz Tadeu tem se dedicado, nos últimos anos, a traduzir a ficção e a prosa ensaística de Virginia Woolf.

Este livro foi composto com tipografia Bembo e impresso
em papel Pólen Bold 80 g/m² na Gráfica Santa Marta.